KB062349

로크미디어가
유혹하는
재미있는 세상
ROK MEDIA
로크미디어

The Final
더 파이널

더 파이널 13 완결

2022년 9월 23일 초판 1쇄 인쇄
2022년 9월 28일 초판 1쇄 발행

지은이 유성
발행인 김정수 강준규

기획 이기헌 왕소현 박경무 강민구 조익현
책임편집 백승미
마케팅지원 이원선

발행처 (주)로크미디어
출판등록 2003년 3월 24일
주소 서울시 마포구 성암로 330 DMC첨단산업센터 318호
Tel (02)3273-5135 **편집** 070-7863-8595 **Fax** (02)3273-5134
홈페이지 rokmedia.com **E-mail** rokmedia@empas.com

값 8,000원

ISBN 979-11-354-7713-3 (13권)
ISBN 979-11-354-6920-6 04810 (세트)

유성 퓨전 판타지 장편소설

13 완결

The Final

더 파이널

CONTENTS

죽음의 도시 II

－정확히 얼마나 남은 거지?

"글쎄? 이계와 겹쳐지지는 않았어도 이곳 역시 대격변으로 지형이 좀 변했으니 이전의 지도만으로는 정확하게 말하기 힘들지만, 얼마 안 남은 건 분명하지. 이 속도를 유지한다면 앞으로 길어야 한나절이면 진입할 거야."

－그 말을 들으니 드디어 끝이 보인다는 생각이 드는군. 하지만…… 좋아할 일은 아니겠지?

"아마도."

태영이 굳은 얼굴로 끄덕였다.

본래 태영이 아실라타 계곡에서 적의 심장부, 북경까지 진군하는 데 잡은 시간은 약 보름이었다.

그러나 그건 어디까지나 청영의 정찰 능력을 100% 활용해 적과의 교전을 최소화하고, 그 외의 모든 상황이 예정대로 진행됐을 때를 상정한 얘기다.

'우리는 문자 그대로 적지 한복판을 가로질러야 하는 상황이다. 적군 모두 머리가 텅텅 빈 놈들이 아닌 다음에야 모든 과정이 기대대로 풀려 줄 리는 없겠지. 그런 점을 고려하면 며칠, 아니 상황에 따라서는 일주일이나 열흘 이상의 시차도 각오해 둘 필요가 있어.'

당시 태영은 그렇게 생각하고 있었다.

그러나 실제 결과는 태영의 예상과는 완전히 다른 방향으로 나타났다.

아실라타 계곡을 출발한 지 12일째, 남은 거리를 넉넉하게 잡아도 되레 예정보다 이틀 이상 빠르게 도착해 버린 것이다.

그리고 이는, 그리모어의 말처럼 무턱대고 좋아할 일은 아니었다.

태영 일행의 진군이 예정보다 빨랐던 이유는 도중에 영입한 신입 뱀파이어의 증언대로 적의 수뇌부가 병력을 북경에 집결시킨 결과.

바꿔 말하면 태영 일행은 각개격파로 적군을 줄일 기회를 놓쳤다는 의미다.

그러나 말했듯이 이제 북경까지는 불과 한나절 거리.

"이해하기 힘들군. 양쪽에서 적군이 진군해 오면 병력을 나눠 대응하기보다 한곳에 집중시켜 방어선을 두껍게 만드는 방법도 나쁘지 않은 선택이라고 할 수 있겠지만……."

"그것도 양쪽 병력이 어느 정도 균형이 잡혀 있을 때의 얘기죠. 중앙대륙 연합군은 10만 이상, 반면 우리는 5천에 불과합니다. 지금까지의 전과로 우리 역시 무시할 수 없는 전력으로 생각하고 있다고 하더라도 중앙대륙 연합군과 비교할 수 없는 수준인 건 분명한 사실. 설사 연합군이 기대 이상의 전과를 내며 진군해 오고 있다 해도, 아니 그렇다면 더 연합군이 오기 전에 우리를 정리해 둬야 한다고 생각하지 않겠습니까?"

"내 생각도 같아. 놈들은 공격받는 측이라고 해도 병력이 부족한 것도 아니고, 시간에 쫓기는 상황이라고 할 수도 없으니까. 굳이 우리까지 방치해서 양측에서 공격받는 상황을 자초할 이유는 없지."

발투스의 의견에 워트도 고개를 끄덕이며 말을 이었다.

"뭔가 다른 꿍꿍이가 있다고 생각할 수밖에 없어."

태영도 같은 생각이었다.

"물론 그런 게 있기는 하겠지. 하지만 지금 우리가 고민해야 할 건 그 꿍꿍이가 뭐냐가 아니야. 어차피 여기서 우리가 머리를 맞대고 고민한다고 정답을 찾아낼 수 있을 리도 없고, 설사 그럴듯한 답을 찾아낸다 해도 그런 추측만으로 뛰어 들어갈 수는 없어."

애초에 그럴 생각도 없었다.

신입 뱀파이어의 증언대로라면 현재 북경에 집결한 적의 병력은 최소 수십만, 5천의 병력으로 비벼 볼 만한 상대가 아니다.

당연히 태영 일행이 북경에 진입하는 것은 반대쪽에서 중앙대륙 연합군이 도착했을 때.

본래 태영이 말한 보름은 거기에 맞춰진 시간이었다.

그러나 예정보다 이틀이나 앞서 도착했다.

따라서…….

"연합군의 진로에 있던 적군도 북경에 집결해 있다면 연합군도 예정보다는 일찍 도착할 거야. 하지만 10만 이상의 규모를 생각하면 아무리 빨라도 우리보다 사나흘은 늦겠지. 지금 우리가 생각해야 할 건 그 사나흘을 어떻게 보내느냐다."

그 답은 이미 나와 있었다.

처음부터 태영은 늦어도 연합군보다 하루 이상 먼저 도착할 계획이었다.

이번 같은 상황이 아니더라도 태영 일행과 연합군이 문제없이 진군한다면 놈들은 북경에 최후의 방어선을 펼치게 됐을 것이다.

그리고 당연히 사전에 병력 배치 상황을 파악해 두면 도움이 될 터.

"그동안 뭘 해야 할지는 곧 알게 되겠지."

태영이 여유로운 웃음을 지으며 이런 말을 할 수 있는 이유가 그 때문이다.

놈들이 무슨 꿍꿍이를 꾸미든 병력을 움직이는 한 청영의 눈을 피할 수는 없었고, 그건 고스란히 태영에게 전달될 테니까.

삐이이이-!

"이제 도착한 모양이군."

그러나 머릿속으로 전해지는 울음에 태영이 청영과 시각을 공유했을 때였다.

태영의 얼굴에서 웃음기가 사라졌다.

"이, 이게 뭐……."

"뭐야, 그 반응은? 왜 그래? 혹시 적의 병력이 예상보다 많은 거야?"

"아, 아니…… 그…… 많기는 하지만……."

태영이 당황한 얼굴로 떠듬거렸다.

그럴 수밖에 없었다.

"모두 죽었어."

-응? 갑자기 그게 무슨 말이야? 죽다니? 누가?

"모르겠어. 아니, 군복과 시체 주위에 떨어져 있는 총…… 병사들이다. 지금까지 우리가 봐 왔던 적군이야. 놈들이 모두 죽어 있어."

–저, 적군? 그럼 이미 전투가 벌어졌다는 거야? 하지만 연합군은…….

"연합군은 보이지 않아. 놈들뿐이다. 청영이 내려다보는 도시 전체가 온통 놈들의 시체로 뒤덮여 있어."

"주, 죽다니……."

"연합군도 도착하지 않았는데 놈들이 왜 죽어?"

이어지는 말에 발투스와 워트도 당황한 얼굴로 되물었지만, 해 줄 수 있는 말은 없었다.

청영을 통해 전해지는 장면은 방금 말한 게 전부였다.

마치 붉은 비가 쏟아진 것처럼 온통 핏빛으로 물들어 있는 도시를 빈틈없이 채우고 있는 헤아리기조차 힘든 숫자의 시체! 시체! 시체!

청영이 빠르게 훑고 지나가는 그 넓은 도시 안에서 움직이는 건 그 시체 위를 뒤덮으며 날아다니는 까마귀 떼뿐이었다.

당연히 태영 역시 무슨 일이 벌어졌는지는 알 도리가 없었다.

그러나 원인 없는 결과는 없는 법.

미간을 좁히며 생각하던 태영이 워트와 발투스를 돌아보며 말했다.

"생각할 수 있는 건 두 가지야."

"두 가지?"

"첫째는 마인이다. 발투스는 아직 경험이 없겠지만 워트, 넌 노월 왕국에서 본 적이 있지? 마인이 어떤 식으로 소환되는지 말이야."

"마인이 나타나기 전에 브라이트 왕자에게 일어났던 일을 말하는 거야?"

"그래, 하지만 그때는 특수한 경우였어."

"특수한 경우?"

"마인은 그저 마법진 따위만으로 불러낼 수 있는 게 아니야. 아니, 마법진 같은 것도 필요하지만, 그 마법진을 작동시키기 위해서는 제물이 필요하지. 노월 왕국에서 일어난 일이 특수한 경우였다고 한 이유가 그 때문이야. 네가 말한 것처럼 당시 정황을 생각하면 그때 제물 역할을 한 건 브라이트 왕자였겠지만, 내가 아는 한 마인은 적어도 수백, 아니 수천 단위의 인간을 제물로 바쳐야 불러낼 수 있는 존재니까."

"그럼 혹시……."

당황한 워트의 시선에 태영이 살짝 고개를 끄덕였다.

"가능성을 생각해 볼 수는 있다는 말이지."

그러나 이어지는 대답처럼 단정할 수는 없었다.

방금 노월 왕국의 일을 사례로 들어 설명했듯이 태영이 아는 한 마인을 불과 한 명의 제물로 불러냈다는 말을 들어 본 적이 없었다.

그러나 반대로 수십만을 제물로 바쳤다는 말 역시 들어 본 적 없었다.

물론 그게 불가능하다는 말은 아니다.

부족하다면 모를까, 많다고 안 될 것 같지는 않으니까.

이해가 안 되는 건 태영이 본 시체가 모두 놈들과 한패가 된 대륙군이라는 점이다.

즉, 태영이 본 시체가 마인을 불러내기 위한 것이었다면 아군을 불러내기 위해 아군을 희생시켰다는 말이다.

"마인 하나, 아니 여러 마리라도 마찬가지야. 연합군과 우리가 압박해 가고 있다고 하지만, 놈들은 우리의 열 배에 달하는 병력을 가지고 있어. 전력은 놈들 측이 압도적으로 우세하다는 말이다. 궁지에 몰린 상황이라면 모를까, 아직 제대로 싸워 보지도 않은 상황에서 그만한 병력을 몽땅 죽여 가면서까지 마인을 불러낼 이유는 없어. 아니, 설사 궁지에 몰렸다고 해도 마찬가지야. 세컨드 보이스의 조직원들은 어떨지 모르겠지만……."

"자칭 대륙군이라는 놈들은 세계 멸망을 위해 기꺼이 자신이 목숨을 내놓는 짓 따위를 할 리는 없겠지."

워트가 고개를 끄덕이며 말을 이었다.

"그럼 답은 둘 중 하나겠군. 하나는 세컨드 보이스라는 놈들이 모종의 음모를 꾸며 일방적으로 놈들을 제물로 사용했거나, 다른 하나는……."

"내분이다."

태영은 이쪽에 무게를 두고 있었다.

가성비가 안 나오는 짓이라고 생각하지만, 만약 정말 놈들이 수십만의 병사를 제물로 마인을 불러냈다면 이는 당연히 곧 들이닥칠 연합군과 태영 일행을 상대하기 위해서였을 터.

그러나 워트와 대화하는 사이에도 꾸준히 도시 곳곳을 날아다니는 청영의 눈에 비치는 것은 시체와 까마귀 떼뿐이었다.

정작 그 마인조차 보이지 않는다는 말이다.

"물론 그것만으로도 내분이라고 단정할 수도 없어. 하지만 지금 도시에 시체밖에 없는 건 분명한 사실이다. 그렇다고 놈들이 한 명도 남김없이 죽었다고 생각하기는 힘들겠지."

"혹시 건물 안에 숨어 있는 건 아닐까요?"

"그럴 수도 있지."

발투스의 말에 태영이 고개를 끄덕이며 덧붙였다.

"하지만 그게 매복을 염두에 두고 하는 말이라면 그럴 가능성은 없어."

이미 확인이 끝났기 때문이다.

연합군과 태영 일행을 합하면 10만 이상.

즉, 매복이라도 적 역시 최소 수만 이상의 병력이 필요하다는 말이다.

그러나 현재 북경에는 그만한 병력이 매복할 만한 건물은 많지 않았고, 몇 개 되지 않는 그 건물도 이미 청영이 모두 훑어본 뒤였다.

"저 도시에서 무슨 일이 벌어졌든 살아남은 자들은 이미 도시를 빠져나갔다고 봐야겠지. 그리고 그게 대륙군의 잔당이라면 별문제는 되지 않겠지만, 세컨드 보이스 쪽이라면……."

"골치 아프게 됐군."

워트가 한숨 섞인 목소리로 중얼거렸다.

태영은 물론, 중앙대륙이 연합군까지 결성해 진군해 오는 목적은 대륙군이 아니다.

대륙군 따위는 세계 멸망이라는 철 지난 목표를 위해 마인을 불러내는 세컨드 보이스를 처리하기 위해 걷어내야 하는 곁가지에 불과할 뿐이다.

설사 대륙군이 전멸했다고 해도 정작 세컨드 보이스가 살아 있다면 아무것도 해결된 게 없다는 말이다.

아니, 되레 악화됐다고 할 수 있었다.

무슨 일이 있었는지 모르지만, 이곳에서 엄청난 숫자의 대륙군이 죽은 건 분명한 사실.

대륙군이라는 방패를 잃은 놈들은 십중팔구 더 깊이 숨어버릴 것이고, 태영과 연합군은 놈들을 찾아낼 단서조차 없으니까.

그리고 이건…….

"정말 네 말대로 세컨드 보이스가 이미 도시를 벗어났다면 우리나 연합군이나 닭 쫓던 개 신세가 돼 버리는 셈이군."
워트의 말보다 훨씬 더 심각한 상황이라고 할 수 있었다.
"문제는 거기서 끝나지 않는다는 거지. 아니, 여기서 끝나 버릴지도 모른다고 해야겠군."
"끝나다니?"
"우리는 그렇다 쳐도, 다른 쪽은 연합군이다. 10만 이상의 연합군이 결성될 수 있던 건 분명 왈드 공작과 그라디오스 후작님의 역량이었겠지만, 그런 역량이 통할 수 있었던 것도 모두가 납득할 만한 명분과 명확한 목표가 있었기 때문이야. 하지만 놈들이 다시 숨어 버리면 그중 하나인 목표가 사라진다."
물론 그게 위협까지 사라진다는 말은 아니다.
아니, 어떤 의미에서는 되레 더 위험해졌다고 할 수 있을지도 모른다.
그러나 연합군이 연합군으로 유지될 수 있는 건 명확한 목표가 있을 때뿐, 잠재적인 위험은 10만 이상의 병력을 연합군을 묶어 둘 명분이 되지 않는 것이다.
즉, 여기서 목표를 잃어버리면 연합군은 와해될 확률이 높아진다는 말이다.
"그럼 혹시 놈들이 그걸 노리고……."
"놈들이 그걸 노리고 한 짓인지 아닌지는 중요하지 않아. 문제는 이대로라면 그렇게 될 수밖에 없다는 거다. 그나마

다행이라면 우리가 연합군보다 며칠 앞서 도착해 상황을 파악했다는 거야. 게다가 시체 상태를 보면 저들이 죽은 건 길어야 이틀 전, 아직은 놈들의 흔적이나 생존자가 남아 있을지도 모른다는 말이지."

"그럼……."

워트의 말에 태영이 흑영을 돌려세우며 대답했다.

"직접 가서 찾아보는 수밖에 없지."

"자, 진군한다!"

태영의 결정은 곧바로 각 부대장을 통해 병사들에게 전달되었다.

물론 그렇다고 무턱대고 진군한 건 아니다.

그 앞은 원정군의 최종 목적지이자 적의 본거지.

설사 청영을 통해 확인한 모습이 예상과 다르다고 해도, 아니 예상과 다르기에 더 신중해질 필요가 있었다.

당연히 그 이후로도 청영은 물론, 별도의 부대를 운영해 꾸준히 인근 지역을 정찰하며 진군.

늦은 오후가 돼서야 마침내 도시에 입성할 수 있었다.

"음……."

그러나 병사들의 입에서 나온 건 함성이 아닌 신음이었다.

"대강 얘기는 들었지만……."

듣는 것과 직접 보는 건 다를 수밖에 없어서다.

대도시에 익숙한 현대인조차 좀처럼 상상하기 힘든 북경의 규모도, 그런 거대한 도시가 온통 시체에 뒤덮여 있는 장면도 말이다.

태영에게 직접 얘기를 들었던 워트와 발투스의 반응도 마찬가지였다.

"무슨 말을 해야 할지 모르겠군요."

"동감이네. 여기까지 오는 도중에 본 도시들도 놀랍기는 했지만 여기는 정말…… 인간이 세운 도시라고는 믿어지지 않을 정도야. 그런데 그런 도시 전체가 이런 시체로 뒤덮여 있다니…… 대체 여기서 무슨 일이 있었는지 상상조차 안 되는군."

"이제부터 알아봐야죠. 그러기 위해 들어온 거고 말입니다."

"그렇긴 하지만……."

워트의 대답에 주위를 둘러보는 발투스의 입에서 한숨이 흘러나왔다.

"막상 들어와 보니 더 막막하군. 애초에 뭘 찾아야 할지조차 모른다는 건 둘째치고 5천의 병력으로 이만한 규모의 도시를 수색하는 건 현실적으로……."

"무리지."

태영이 고개를 끄덕이며 대답했다.

이건 굳이 청영의 눈을 빌릴 필요도 없는 일이었다. 아니, 청영의 눈으로도 무리다.

태영이 아는 바에 따르면 북경의 면적은 약 1만 6천 ㎢.

물론 그 면적 전체가 도시는 아니다.

도시의 면적은 60% 수준이고, 실제 청영의 눈으로 확인한 시체로 뒤덮여 있는 중심 지역뿐이었지만, 그마저도 수십 킬로미터.

발투스의 말처럼 5천, 아니 설사 5만이라도 수색할 수 있는 넓이가 아니었다.

당연히 태영도 그런 무식한 짓을 할 생각으로 병력을 이끌고 도시로 들어온 게 아니다.

"하지만 수색 범위를 한정할 수 있다면 얘기는 다르겠지."

"그 말은……."

"물론 의심스러운 곳을 찾아냈다는 말이지. 뭐 그래도 좁은 범위라고 할 수는 없지만, 5천이면 가능하겠지."

청영의 눈을 통해 본 게 있어서다.

"청영, 안내해라!"

삐이이이-!

그리하여 청영을 앞세우고 다시 진군!

무수한 시체로 뒤덮여 괴기스러운 분위기를 풍기는 도시를 가로질렀을 때였다.

고층 빌딩, 정확히는 고층 빌딩이었던 잔해 너머로 깊이가 수백 미터, 넓이는 수 킬로미터에 달하는 거대한 크레이터가 나타났다.

"뭐지, 이건? 어째서 도시 한복판에 이런 게……."

워트가 당황한 표정으로 태영을 돌아보았다.

태영 역시 처음 청영의 눈을 통해 이 크레이터를 발견했을 때 딱 그 얼굴과 같은 기분이었다.

그래서 태블릿의 지도로 해당 위치를 찾아보았고, 그때 알게 되었다.

"여기는 원래 자금성이 있던 곳이야."

"자금성?"

"그래, 고대에 이 대륙을 지배했던 황제의 성이지. 보다시피 지금은 사라졌고. 나도 왜 사라졌는지까지는 몰라. 분명한 건 두 가지. 하나는 이게 단순히 폭발에 의한 게 아니라는 거고, 둘째는 이 크레이터가 만들어진 시점이야."

"이게 만들어진 시점?"

"잘 봐. 저 크레이터의 경계로 보이는 나무뿌리 같은 걸 말이야. 끊어져 나간 부분에 아직 마르지 않은 진액이 묻어 있어. 이 크레이터가 대격변 때 생긴 거라면 그때 끊어진 나무뿌리가 아직 저렇게 생나무와 같은 상태를 유지하고 있을 리가 없어."

"그럼 혹시……."

"그래, 이 크레이터는 잘해야 며칠 전, 이 도시의 병사들이 죽은 것과 비슷한 시기에 만들어진 거라는 말이지."

"이 크레이터가 적의 시체와 관련이 있다는 말인가?"

"아직 단정할 수는 없지만, 우연이라고 보기는 힘들겠지. 그게 이제부터 우리가 알아내야 할 일이고 말이야."

"음……."

태영의 설명이 잠시 미간을 좁히며 생각하던 워트가 슬쩍 고개를 들어 올렸다.

"문제는 시간이군."

태영 일행이 북경에 진입한 건 늦은 오후.

거기에 도시를 가로지르는 사이에 주위는 이미 어둠에 물들어 가고 있었다.

"그래, 바로 전 병력을 동원해 수색 작업을 하기는 무리지. 더구나 아직 여기가 안전하다는 보장도 없고. 그러니 일단 수색 작업은 뱀파이어와 나이트 비전을 사용할 수 있는 기사로 한정하고, 나머지 병사들은……."

고개를 끄덕이며 대답하던 태영이 움찔하며 입을 다물었다.

-주인, 이건…….

삐이이이-!

그리고 그리모어의 당혹성에 섞여 들려오는 청영의 울음에 퍼뜩 시선을 돌린 태영의 얼굴이 와락 일그러졌다.

"빌어먹을!"

"응? 뭐, 뭐야? 갑자기 왜 그래?"

갑작스러운 태영의 반응에 워트가 당황한 표정으로 되물었을 때였다.

"왕자님, 뒤쪽에서 정체불명의 사람들이 몰려오고 있습니다!"

"이, 이쪽에서도 나타났습니다!"

"뒤쪽 건물 사이와 반대쪽에서도! 곳곳에서 몰려나오고 있습니다! 엄청난 숫자입니다! 거리는 불과 수백 미터! 빠르게 접근해 오고 있습니다!"

후미에서 고함이 빗발치기 시작했다.

"뭐? 갑자기 어디서……."

"놈들이야!"

당황한 얼굴로 되묻던 워트가 바로 옆에서 들려오는 목소리에 움찔하며 고개를 돌렸다.

"노, 놈들이라니? 적을 말하는 거야? 대체 어디서 적이 나타났다는 거야? 여기까지 오는 도중에도 놈들의 흔적은……."

"있었어!"

태영이 워트의 말을 끊으며 소리쳤다.

"우리가 이 도시에 들어왔을 때부터 줄곧 있었어!"

"이 도시에 들어왔을 때부터라니? 우리가 본 건 시체……

가만? 그럼 설마 지금 병사들이 말하는 놈들이라는 게……."

"언데드다!"

퉁-!

대답과 동시에 태영이 흑영의 등에서 섬광처럼 뻗어 나갔다.

그리고 단숨에 아군 진영을 가로질러 무기를 뽑아 드는 후미의 병사들을 뚫고 나왔을 때.

콰콰콰콰! 퍼펑-!

그 앞에서 폭발이 일어났다.

부챗살처럼 퍼져 나가 폭발을 일으키는 다섯 줄기의 검기는 '라이트 웨이브-Ⅱ'!

그 검기에 휩쓸려 갈기갈기 찢어져 날아가는 놈들은 바로 방금 태영이 대답한 언데드, 좀비로 변해 몰려드는 적의 시체였다.

-어째서 저놈들이 언데드가 된 거지? 언데드가 이렇게 아무렇게나 생기는 게 아니잖아.

"함정이었다는 말이지."

-함정? 하지만…… 아니, 그보다 함정이라면 설마 이 도시에 있는 시체가 모두…….

태영이 고작 좀비 따위에 입술을 씹어 대는 이유가 그 때문이다.

물론 그래 봤자 좀비.

"헉! 저, 저놈들 언데드다!"

"빌어먹을! 대체 어떻게…… 아니, 원인 파악 따위는 나중 일이다! 흑철 기사단 앞으로! 놈들을 분쇄하라!"

"우측 건물 사이에서도 놈들이 쏟아져 나온다! 제국 기사단, 대열을 갖춰라!"

"수인족 부대는 반대쪽으로!"

"루이너 왕국군은 중앙에 모여 방어 진형을 세워라! 놈들의 접근을 막아라!"

"1열부터 순차적으로 공격한다!"

"전군 공격!"

콰콰콰콰! 콰콰콰콰!

빠르게 진형을 갖춘 병사들이 화살과 마법, 검기를 퍼붓는 족족 터져 나갔다.

그러나 놈들은 줄어드는 기미도 보이지 않았다.

아니, 되레 시시각각 불어나고 있었다.

당연하다.

방금 그리모어가 말한 대로 좀비로 변해 일어나는 건 이 도시의 시체 모두!

낮에 청영을 통해 본 수십만의 시체가 모두 좀비로 변해 몰려드는 것이다. 그야말로 해일처럼, 도시 곳곳을 꽉 채우고 태영 일행이 모여 있는 곳으로 말이다.

게다가 무턱대고 몰려오기만 하는 것도 아니었다.

투투투투! 콰쾅—!

본능인지 뭔지 손에 든 소총이나 RPG 따위를 난사하며 돌진해 오는 놈들도 꽤 있었다.

"전열! 방벽을 펼쳐라! 거신의 방패!"

물론 그 정도의 화력으로는 에단과 중갑병의 방어를 뚫지 못했지만, 어떤 방벽을 세워도 압도적인 숫자 앞에서는 한계가 있었다.

따라서 방법은 하나!

"하덴!"

"네, 주인님!"

"뱀파이어와 워 울프 일족을 데리고 우측 통로를 봉쇄해라! 놈들의 숫자는 너희의 수십 배, 아니 그 뒤에 몰려오는 놈들은 수백 배에 달하겠지만……."

"좀비 따위에게 물려 죽는 놈은 뱀파이어도 아닙니다! 수백 배든, 수천 배든 몽땅 찢어서 뱀파이어가 왜 밤의 제왕으로 불리는지 보여 드리겠습니다!"

"놈들을 해치우는 것보다 당장은 통로를 봉쇄해 아군의 안전을 확보하는 게 더 중요하다! 이후 아군이 이 지역을 벗어나면 후미에서 추격해 오는 놈들을 처리하며 따라붙어라!"

"명심하겠습니다! 어이, 졸개들! 주인님의 명령이다! 가자!"

태영을 향해 날아오던 하덴이 방향을 바꾸며 소리치자 그 뒤로 안개로 변한 뱀파이어와 거대한 늑대로 변신하는 워 울프 일족이 따라붙었다.

푸콰콰콰-!

그리고 해일처럼 몰려드는 좀비 떼를 마구잡이 찢어 대며 돌진!

"자레드! 드미트리! 에단! 울란!"

"네, 레온 님!"

"너희는 일단 놈들을 막으며 병력을 재정비, 워트와 발투스가 도착하면……."

"나 여기 있어!"

"어떤 상황인지도 이해했습니다!"

뒤에서 워트와 발투스가 흑영을 끌고 오며 소리친 건 그때였다.

이에 태영이 다시 흑영의 등에 올라타며 소리쳤다.

"그럼 따라와!"

팡-!

그리고 그대로 '도약 질주'를 발동하며 돌진!

섬광과 함께 사라진 태영이 다시 나타난 곳은 아군이 쏟아내는 검기에 주춤하는 사이, 사방에서 쏟아져 나온 놈들이 더해져 수백 미터에 달하는 도로를 빈틈없이 채우고 있는 좀비 떼 속이었다.

콰콰콰콰-!

동시에 그 중심에서 뿜어져 나오는 빛줄기!

'파마의 랜턴'으로 충전한 무수한 광선으로 전환해 뿜어내는 '분광'이었다.

당연히 좀비 따위가 막기는 무리!

가까이 있던 좀비는 그야말로 흔적도 없이 증발했고, 그 뒤의 좀비도, 또 그 뒤의 좀비도, 100여 미터 범위의 좀비 떼가 벌집처럼 구멍이 뚫린 모습으로 쓰러졌다.

—종합 평가 레벨이 상승했습니다!

그 한 방으로 레벨이 오를 정도!

그러나 그런 메시지나 보며 좋아할 여유 따위는 없었다.

"으아……!"

황망한 표정으로 바라보는 병사들의 괴상한 탄성에 맞장구쳐 줄 상황도 아니었다.

"워트, 발투스, 지금이다! 놈들이 다시 몰려들기 전에 이곳을 돌파한다!"

삐이이이—!

"일단 목표는 저쪽! 청영이 있는 저 건물이다! 거기서부터는 도시 밖까지 대로가 연결되어 있고, 주위에는 건물이 밀집되어 있다! 진로는 내가 확보하고 후미는 뱀파이어와 워울프 일족이 맡아 줄 테니 좌우에서 몰려나오는 놈들을 처리하며 따라와라! 다른 건 생각할 필요 없어! 지금은 놈들에게 완전히 둘러싸이기 전에 이 도시를 빠져나가는 게 최우선이다!"

"알았어! 전군, 돌격 대형으로!"

"레온 님을 따라라!"

태영의 고함에 워트와 발투스가 그사이 대열을 정비한 병사들을 이끌고 따라붙으며 대답했다.

"그리모어! 핼버드!"

-오오! 좋지! 이딴 놈들, 쓸어버리자고!

이에 태영은 다시 흑영을 돌려세우며 의욕적으로 대답하는 그리모어를 핼버드로 전환!

위이이잉! 콰콰콰콰-!

그야말로 휩쓸듯이 좀비 떼를 박살 내며 돌진할 때였다.

드드드드! 콰쾅-!

돌연 지면이 거칠게 울리더니 아스팔트가 폭발하듯이 치솟아 올라왔다.

한데 뭉쳐 진군하는 아군의 바로 아래에서!

"헉! 이, 이게 뭐……."

"으아아악!"

그리고 그 중심에서 비명을 터뜨리며 치솟아 올랐다가 우수수 떨어지는 병사들을 집어삼키며 솟아오르는 거대한 물체!

"큭! 이, 이건 또 뭐……."

소나기처럼 쏟아지는 피에 얼굴을 들어 올린 병사들의 입에서 신음 같은 목소리가 흘러나왔다.

본능적으로 알아챘기 때문이다.

"워, 웜? 아니, 이건…… 대체 뭐지?"

지면을 뚫고 솟아오르며 한입에 수십 명의 병사를 집어삼킨 놈은 웜과 닮았지만, 웜 따위가 아니라고 말이다.

—이 기운은…… 생각할 것도 없군. 어쩨 한 마리도 보이지 않는게 이상하다 싶었는데, 땅속에 숨어 있었던 건가? 정말 가지가지 하는군. 이전에는 전갈 같은 놈이더니 이번에는 저딴 놈이라니…….

그러나 적어도 태영은 그리모어의 말처럼 생각할 것도 없었다.

이 정도까지 벗어나 버리면 이미 '인(人)'이라는 단어를 붙이는 것도 무리다 싶지만, 마기를 줄기줄기 뿜어내는 놈은 마인!

"놈이 뭐든 적이다! 전군, 요격하라!"

당연히 뒤이은 워트의 고함에 빗발치는 검기만으로 쓰러뜨릴 수 있는 놈이 아니다.

놈은 검기를 무시하며 그대로 직격!

콰콰콰콰—!

그 거대한 몸으로 병사들을 짓뭉개며 떨어졌다.

그리고 또다시 거대한 아가리를 벌리고 와르르 넘어지는

병사들을 향해 기어갈 때!

"젠장, 디스바로스!"

콰광-!

그 위로 거대한 미라가 내리꽂혔다.

콰광! 크아아아-!

폭음과 함께 밤하늘을 뒤흔들며 울리는 포효!

뒤이어 와르르 허물어지는 빌딩의 잔해 속에서 원통형의 몸 끝에 무수한 톱니 형태의 송곳니에 뒤덮인 아가리를 벌린 거대한 형체가 솟아 올라왔다.

전체적으로 웜을 닮은 모습이지만, 크기는 그야말로 괴수!

"건물의 잔해가 쏟아진다!"

"피해라! 물러나!"

그 아래에서 비명 같은 고함을 터뜨리며 흩어지는 병사들이 개미 떼처럼 보일 정도로 거대한 몸집이었다.

-호오! 이놈은…….

그러나 크기라면 이쪽도 꿀리지 않았다.

"설명이 필요한가?"

-아니, 대강 알 것 같군. 뭐랄까, 넌 정말 흥미로운 인간이군. 용케도 번번이 이런 재미있는 상황을 만들어 내는 걸 보면 말이야.

"잡설은 됐고! 어느 쪽을 맡을지 선택해라!"

-그야 당연히 이쪽이지.

꾸역꾸역 몰려드는 좀비 떼를 갈라 대며 소리치는 태영의 목소리에 붉은 눈동자로 거대 웜을 바라보며 대답하는 20여 미터 크기의 미라.

조금 전 소용돌이치는 하늘에서 내리꽂히며 놈을 건물의 잔해로 쳐 날려 버린 디스바로스였다.

-저놈도 같은 생각인 것 같고 말이야. 물론 저놈에게는 선택권 같은 걸 줄 생각도 없지만.

그리고 그대로 잔해 밖으로 기어 나오는 놈을 향해 돌진!

크아아아! 콰쾅!

굉음을 일으키며 충돌했다.

그리고 또다시 이어지는 굉음! 굉음! 굉음!

디스바로스와 놈이 뒤엉키자 아스팔트가 갈라지고, 한번 충격음이 울릴 때마다 연이어 빌딩이 허물어졌다.

그야말로 괴수 대 괴수의 싸움!

스케일이 다른 둘의 접전에 병사들이 끼어들 여지 따위는 없었다.

"이, 이쪽으로 온다!"

"피, 피해라! 진형이고 뭐고 일단 피해! 깔리면 박살이다!"

"위를 봐! 파편이 날아온다!"

비명 같은 고함을 터뜨리며 이리저리 뛰어다닐 뿐이었다.

물론 그조차 뜻대로 되지 않는 좀비 떼는 뒤엉켜 굴러오는 디스바로스와 놈의 몸에 깔려 퍽퍽퍽!

둘의 몸에 들이받혀 무너지는 빌딩에 깔려 퍽퍽퍽!

그야말로 고래 싸움에 새우 등 터지듯이 연이어 뭉개지고 있었지만 어쨌든.

"디스바로스, 바로 놈을 해치우지 못하는 건 그렇다 쳐도, 치고받을 장소는 좀 골라 줄 수 없나? 이대로라면 언제 아군까지 휘말릴지 모른다고!"

-쳇, 쉽게도 말하는군.

콰광-!

디스바로스가 달려드는 놈을 휘감아 바닥에 내리꽂으며 중얼거렸다.

-딴에는 신경 쓰고 있는 거라고!

그리고 팔로 놈의 목덜미를 찍어 누르며 소리쳤을 때였다.

돌연 놈의 몸이 둥글게 말리며 꼬리 쪽이 솟아 올라왔다. 아니, 꼬리라고 생각했지만, 곧 그 끝이 쩍 벌어지며 무수한 송곳니에 박힌 아가리로 변했다.

그리고 그대로 디스바로스의 팔을 덥석!

"디스바로스!"

-하! 좀 전부터 묘하게 꿈틀대더니 이걸 노리고 있던 건가? 그 팔이 그렇게 탐난다면 주지.

그러나 디스바로스는 아무렇지도 않게 팔을 잡아당겼다.

와지지직! 투콰-!

이어지는 파열음과 타격음!

파열음은 놈의 아가리에 물린 디스바로스의 팔이 찢어져 나가는 소리였고, 뒤이은 타격음은 디스바로스의 반대쪽 팔이 놈의 목덜미에 박히는 소리였다.

누가 더 대미지가 큰지는 명확했다.

크아아아—!

두어 채의 빌딩을 부수며 굴러가다가 포효를 터뜨리는 놈의 입에서는 시커먼 피가 콸콸 쏟아져 나오고 있었다.

반면 디스바로스는 한쪽 팔이 떨어져 나가 있었지만, 곧 어깨의 붕대가 실타래처럼 풀어져 내려와 팔의 형태로 겹쳐졌다.

-원한다면 한두 번 정도는 더 줄 생각도 있다. 물론 네놈도 대가는 치러야겠지만.

디스바로스가 그 팔을 흔들며 놈에게 다가갈 때였다.

쿠콰콰콰—!

몸을 세우는 놈의 아래쪽에서 거친 마찰음이 터져 올라왔다.

동시에 무수한 돌덩이가 튀어 오르며 놈의 몸이 마치 가라앉듯이 내려가기 시작했다.

-어림없다!

디스바로스의 팔에서 수십 줄기의 붕대가 뻗어 나갔다.

그리고 놈의 몸을 순식간에 휘감았지만, 갑자기 놈의 몸이 수축하며 미끄러지듯이 붕대 아래로 내려와 바닥을 파고 들어갔다.

-이, 이런…….

이에 디스바로스가 몸을 돌리는 순간, 그 아래의 지면이 갈라졌다.

펑! 콰직!

놈이 톱니가 박힌 거대한 아가리로 디스바로스의 하체를 삼키며 올라왔다.

-큭! 이, 이놈이…….

디스바로스는 양팔로 놈을 내리쳤다.

그러나 놈이 바로 다시 뚫어 놓은 지면 속으로 잠수하듯이 들어가자 디스바로스의 주먹은 지면을 내리칠 뿐이었고, 하체는 놈을 따라 땅속으로 빨려 들어갔다.

아니, 들어가려고 할 때.

번쩍-!

한 줄기 섬광이 그 아래를 가르며 지나갔다.

-너…….

"디스바로스, 교대다!"

움찔하는 디스바로스를 향해 소리치는 태영이 날린 '타키온'의 검광이었다.

그 검광은 아스팔트를 가르고 놈에게 직격!

크아아아-!

갈라진 아스팔트 사이에서 괴성과 함께 시커먼 피가 뿜어져 올라왔다.

거친 진동이 일어나며 아스팔트가 쩍쩍 갈라졌다.

"많은 걸 할 필요는 없어! 내가 하던 대로 저 앞에서 몰려드는 좀비 떼를 밟으며 저 길을 따라가기만 하면 돼!"

- 하지만 나는, 아니 이놈은......

이어지는 목소리에 디스바로스가 할 말이 많은 표정으로 중얼거렸지만, 태영은 들어 줄 생각 따위는 없었다.

발을 통해 전해지는 진동으로 명확해졌기 때문이다.

'멀어지고 있다!'

놈은 밖으로 나올 생각이 없다는 말이다.

조금 전 디스바로스에게 한번 쓴맛을 본 탓에 자신의 특기를 살려 좀 더 유리한 방식으로 싸우기로 한 것이다.

그리고 놈이 그런 식으로 나오면 확실히, 디스바로스는 꽤 곤란해질 수밖에 없었다.

디스바로스는 놈처럼 땅속을 파고 들어가는 재주는 없으니까.

반면 태영도 그런 재주는 없지만!

'나라면!'

얼마든지 가능하다.

놈은 두께만 수 미터나 되는 몸집을 가진 놈이니까.

"부탁한다!"

이 말을 끝으로 디스바로스가 빠져나오는 구멍으로 몸을

날리는 것처럼, 태영은 놈이 뚫어 놓은 구멍으로 들어갈 수 있는 것이다.

—뭔진 알겠다만, 괜찮은 건가? 놈은 땅속을 자유롭게 이동할 수 있잖아. 그건 곧 여기가 놈의 영역이나 다름없다는 말 아닌가?

"정말 그렇게 생각해?"

—아니라는 건가?

"물론 아니지. 애초에 놈이 땅속을 자유롭게 이동할 수 있다는 말 자체가 잘못됐어. 놈은 그저 파고 다닐 뿐이야. 그 재수 없이 생긴 주둥이를 이용해서. 놈이 땅속에서 할 수 있는 건 전진과 후퇴뿐이라는 말이야. 그러니 여기서 놈을 상대하는 데는 두 가지만 있으면 돼. 하나는 놈을 따라잡을 수 있는 속도, 다른 하나는 놈을 썰어 버릴 힘이다."

—그건…… 어려운 일이 아니군.

"그렇지."

이어지는 그리모어의 말에 태영이 히죽 웃으며 대답했다.

"너와 나한테는 말이야."

화악!

—보유한 영격 50을 소비해 [자바워크]가 발동되었습니다.

그리모어가 검은 불길에 휩싸이며 떠오르는 메시지!

검날에서 뿜어진 검은 불길은 곧 손잡이를 타고 올라와

번지듯 태영의 몸을 뒤덮었고, 점차 옅어지며 회색에 가깝게 변하는 순간.

콰-!

태영이 몸이 폭음을 울리며 뻗어 나갔다.

놈을 찾을 필요도 없었다.

쿠쿠쿠쿠-!

그 앞에서 진동하는 굴이 곧 놈을 향해 뻗어 있는 고속도로!

굴을 따라 돌진하자 멀어지던 진동이 다시 가까워지기 시작했고, 곧 쏟아지는 흙더미 너머로 놈의 꽁무니가 보였다.

아니, 꽁무니라고 할 수도 없었다.

디스바로스와 싸울 때 본 것처럼 놈은 양쪽 끝이 모두 아가리.

역시나 태영이 따라붙는 걸 알아챘는지 곧 그 끝이 갈라지며 무수한 톱니가 박힌 아가리를 벌리며 돌진해 왔다.

당연히, 방금 태영이 한 말처럼 땅속에서 놈이 할 수 있는 행동은 그것뿐이니까.

그리고 그것만으로 충분했을 것이다.

저렇게 생겼어도 놈은 마인, 그 몸은 소드 오러도 막아 낼 정도로 단단하니까.

그러나 지금 태영은 '자바워크'!

초월자로 진화해 얻은 광마력에 그리모어의 영격이 더해

져 마인조차 썰어 버리는 힘을 발휘할 수 있는 몸이다.

그리고 지금 놈은 그저 아가리를 벌리고 달려드는 것밖에 할 수 없는 상태!

"상대를 잘못 골랐다!"

푸확-!

그 검이 빗나갈 리도 없다는 말이다.

그러나 반대로, 통로를 빈틈없이 메우고 밀려드는 놈의 공격도 빗나갈 리는 없었다.

이에 아가리 한쪽을 찢어낸 태영은 곧바로 다시 거리를 벌리며 이어진 놈의 돌격에 대비했지만, 움찔하던 놈은 다시 빠르게 멀어지기 시작했다.

-포기가 빠른 놈이군. 하긴, 주둥이를 찢어 대는 상대에게 무턱대고 주둥이를 들이미는 것보다는 영리한 판단이라고 해야겠지만…….

"이런 곳에서 도망갈 수 있다고 생각한 시점에서 이미 못 써먹을 대가리지. 내가 왜 굳이 따라 들어왔는지, 방금 제가 왜 따라잡혔는지도 이해하지 못하고 있다는 의미니까."

당연히 태영이 더 빠르기 때문이다.

쾅-!

이에 바로 추격!

단숨에 따라붙어 다시 일격을 먹여 주었다.

물론 놈도 당하고 있지만은 않았다.

그러나 말했듯이 놈이 할 수 있는 건 아가리를 벌리고 앞뒤로 이동하는 게 전부.

그런, 그냥 거리만 조절하면 피할 수 있는 공격에 당할 태영이 아닌지라 시간이 갈수록 놈의 아가리만 너덜너덜하게 찢어져 나갈 뿐이었다.

위이이잉! 푸확—!

그리고 이미 걸레로 변한 놈의 아가리에서 또다시 피가 튀어 올랐을 때.

검을 휘두르던 태영이 움찔하며 멈췄다.

—응? 왜 그래?

"바닥에 경사가 생기기 시작했어. 아래쪽으로. 그것도 꽤 가파르게."

—놈이 더 깊은 곳으로 파고 들어가고 있다는 말이군. 뭐 두더지 같은 놈의 습성일지도 모르지만, 그런 식으로 도망갈 수 없다는 생각조차 못 할 정도로 멍청한 건가?

"그럴지도 모르지만……."

미간을 좁히며 중얼대던 태영이 우뚝 걸음을 멈췄다.

그때 발아래로 지금까지 전해지는 진동과는 또 다른 진동이 느껴졌기 때문이다. 그리고 그 진동이 느껴지는 순간 알게 되었다.

"놈은 아래로 내려가고 있는 게 아니야. 회전하고 있는 거다!"

―회전?

"그래, 이 앞에서 원을 그리며. 놈이 몸을 회전시키며 올라오는 곳은…… 아래쪽이다!"

태영이 그리모어를 아래로 향하며 소리치는 순간!

펑―!

폭음과 함께 발아래의 지면이 확 주저앉았다.

그리고 쏟아지는 흙더미를 삼키며 치솟아 올라오는 거대한 아가리!

"그리모어! 핼버드!"

태영은 아래로 향한 그리모어를 핼버드로 전환했다.

덕분에 좁혀 오는 아가리는 막을 수 있었지만, 놈 몸까지 막을 수는 없었다.

태영은 그대로 아가리에 걸린 채로 수직으로 치솟는 놈을 따라 상승!

콰광!

놈에게 떠밀려 천장에 수 미터나 박혀 버렸다.

―주인!

"크, 이 정도는 괜찮아!"

―하지만 이렇게 움직이지도 못하는 상태로 계속 놈에게 눌리면…….

"아니, 차라리 잘됐어! 어차피 놈을 따라붙으며 공격하는 방법으로는 치명상을 입히기 힘들어. 하지만 놈이 이런 식으로 밀어붙인다면…… 마력 폭발!”

퍼펑―!

태영이 입술을 깨물며 온몸으로 마력, 아니 광마력을 뿜어내 폭발시켰다.

그리고 지금 태영은 천장 깊숙이 박혀 있는 상황.

광마력으로 증폭된 폭발은 마치 발파 작업을 위해 박아 넣은 다이너마이트처럼 위쪽 지면을 통째로 뒤흔들며 함몰시켰고, 그 아래에서 밀어 올리던 놈은 그대로 태영을 아가리에 붙인 채 쏟아지는 흙더미 사이로 상승!

“마력 폭발!”

퍼펑―!

이어지는 폭발에 터져 나가는 아스팔트를 뚫고 밖으로 솟아 나왔다.

그리고 그때!

촤촤촤촤!

수직으로 치솟아 오르는 놈의 몸에 수십 개의 줄이 휘감겼다.

―크하하하! 잡았다, 이놈! 아래에서 꽤 요란한 소리가 들리기에 이쪽으로 나올 줄 알았지!

근처에서 웃음을 터뜨리는 디스바로스의 몸에서 뻗어 나온 붕대였다.

크아아아―!

놈이 포효를 터뜨리며 거칠게 몸을 흔들었다.

그리고, 결과적으로 보면 그게 놈이 저지른 가장 큰 실수라고 할 수 있었다.

놈이 아가리를 벌리며 포효를 터뜨린 덕분에 태영은 그리모어를 다시 검으로 되돌리며 '에어 워크'를 사용해 빠져나올 수 있었고, 바로 방향을 바꾸며 다시 수직 낙하!

쾅! 지지지지! 펑-!

놈의 몸을 가르며 바닥에 내리꽂혔다.

최후의 수단

쩌쩌쩍! 쿵! 쿵!

몸을 일으키는 태영의 뒤에서 놈의 몸이 좌우로 갈라지며 떨어졌다.

—종합 평가 레벨이 상승했습니다!

—종합 평가 레벨이 상승했습니다…….

—그리모어가 [타락한 피의 종족의 잔영]을 흡수했습니다.

—[타락한 피의 종족의 잔영]을 흡수한 영향으로 마(魔) 속성의 힘이 증가했습니다.

-그리모어의 영격(靈格)이 80만큼 상승했습니다.

동시에 눈앞에 전투를 정리하는 듯한 메시지가 떠올랐다.

그러나 숨돌릴 틈 따위는 없었다.

"저, 저런 괴수까지 일격에 반 토막으로……."

"젠장, 어딜 보고 있는 거야? 상황 파악이 안 돼? 그딴 말이나 하고 있다가는 네놈이 반 토막, 아니 수백 조각으로 찢어진다고!"

"다진 고기가 되고 싶지 않으면 집중해!"

놈을 해치우지 못했다면 훨씬 더 심각해졌겠지만, 그게 놈을 해치웠다고 상황이 나아졌다는 의미는 아니기 때문이다.

아니, 되레 더 안 좋아진 상황이었다.

그나마 태영이 밖에 있을 때는 좀비와 아군이 경계가 명확했지만, 지금은 정확한 경계를 나누기 힘들 정도로 뒤엉켜 있는 곳이 많았다.

-아쉽군. 그렇게 벼르던 사도와 이제야 겨우 마주쳤는데 직접 숨통을 끊지 못하다니 말이야. 뭐 그런 불평을 할 때는 아니지만.

-당연히 아니지, 이 자식아! 네놈이 제대로 처리 못 해서 헤매던 놈을 주인이 대신 맡아 주며 부탁했잖아! 그런데 대체 이 지경이 되도록 뭐 한 거야?

그러나 그게 그리모어가 말하는 저 녀석, 디스바로스의 탓이라고 할 수는 없었다.

보면 알 수 있었다.

원정군의 앞과 뒤, 그리고 태영이 서 있는 곳까지, 헤아리기도 힘든 좀비를 으깨서 장판처럼 깔아 놓은 게 누구의 작품인지 말이다.

지금도 부지런히 발을 내리찍으며 같은 모양의 장판을 만들어 내고 있으니까.

단지 그 정도로는 줄일 수 없었을 뿐이다.

아니, 더 안 좋아졌다고 말한 것처럼 되레 이전보다 더 늘어 있었다.

당연히, 마치 무제한 디펜스 게임의 몹처럼 아군과 치고받는 놈들의 너머, 그 너머, 또 그 너머에서 끝없이 몰려오고 있으니까.

그러나 놈들과 달리 이쪽에는 제한이 있었다.

-처음에는 그저 오는 족족 밟아 주면 된다고 생각했지만, 막상 해 보니 그렇게 쉽게 말할 상황은 아닌 것 같더군. 이 상황을 벗어날 수 있겠나?

"해 봐야지."

-너를 안 지는 오래되지 않았지만, 그 대답이 다른 때와 다르다는 건 알겠군. 큰 도움이 되지 못해서 미안하군.

"충분히 도움이 됐어. 네가 와 주지 않았다면 좀 전의 사도도 이렇게 큰 피해 없이 잡을 수는 없었을 테니까."

-……다시 불러 줄 때를 기다리마.

쿠쿠쿠쿠! 좌라라락!

태영이 나온 직후에 소용돌이치는 하늘에서 쏟아진 쇠사슬에 휘감겨 사라지는 디스바로스만을 두고 하는 말은 아니다.

좀비와 달리 병사들은 살아 있는 인간.

일개 병사는 물론, 드미트리나 에단, 자레드 같은 상급 기사의 체력에도 한계는 있는 것이다.

태영 역시 마찬가지다.

놈을 해치웠을 때의 태영은 아직 '자바워크'가 해제되지 않은 상태!

콰콰콰콰-!

태영은 이전보다 한층 활동 범위를 넓히며 전장을 종횡무진! 디스바로스가 하던 것처럼 일격에 수십 마리의 단위의 좀비를 분쇄해 장판처럼 깔아 놓았다.

-영격을 모두 소모해 [자바워크] 상태가 해제되었습니다.

그러나 당연히 그 역시 한계는 있었다.

그렇다고 좀비를 해치우기 힘들어졌다는 말은 아니다.

'자바워크' 상태일 때만큼은 아니지만, 여전히 일격에 십여 마리 단위를 해치워 나갔다.

문제는 활동 범위가 줄어들었다는 점이다.

'자바워크'가 풀리자 초 단위로 전장의 끝에서 끝까지 이동하던 속도가 확실히 줄어들었다.

히히히힝! 팡! 팡!

다시 흑영을 타고 '도약 질주'를 사용해도 마찬가지였다.

그리고 그 결과는 바로 드러나기 시작했다.

"큭! 이, 이놈들이……."

"월터!"

"오지 마! 빌어먹을, 내 입으로 이런 말을 하는 날이 올 줄은 몰랐지만, 난 틀렸어! 다리를 다쳐서 더는 움직이지 못한다고! 네 녀석이 와 봤자 같이 죽는 것밖에 못 한다고!"

"그, 그럼……."

"그래! 그렇다고 이대로 얌전히 죽어 줄 수는 없지! 어디 와 봐라, 이 자식들아! 좀비가 됐어도 네놈들은 루이너 왕국을 유린하던 놈들과 한패! 루이너 왕국 병사의 기개를 보여 주마!"

"으아아아-!"

곳곳에서 터져 나오는 비명!

이전에도 전사자가 전혀 없던 건 아니다.

그러나 태영의 활동 범위가 좁아지고, 거기에 계속된 전투로 깎인 체력까지 더해져 이전보다 확실히 늘어나고 있었다.

-젠장, 아무래도 안 되겠어! 주인, 다시 자바워크 발동이다! 이

제 그 말미잘처럼 생긴 놈을 해치우고 얻은 영격이 있잖아! 그걸로 다시 빡 하고 자바워크를 발동시켜서 저 망할 시체들을 몽땅 쓸어버리자고!

"그건 안 돼."

–뭐?

"자바워크는 내가 마인을 상대할 수 있는 유일한 무기다. 좀 전에 나타났던 놈처럼 여기에 다른 마인이 없다는 보장이 없는 한 영격을 남겨 두지 않으면 안 돼. 아니, 설사 여기에 다른 놈이 없어도 마찬가지야. 앞으로의 일이 어떻게 진행되든 아직 세컨드 보이스를 처리하지 못한 이상 마인의 싸움은 피할 수 없을 테니까."

–하지만 당장…….

"그래, 당장. 설사 앞의 일 따위는 생각하지 않고 자바워크를 사용해도 당장 조금 나아질 뿐이야. 근본적인 해결책은 되지 않아."

이미 답이 나왔기 때문이다.

태영 일행이 도시에 진입해 자금성까지 이동하는 데 걸린 시간은 약 4시간이다.

그리고 지금은 그 길을 다시 되돌아 나가는 중이지만, 그저 행군할 때와 끝도 없이 밀려드는 좀비 떼를 뚫고 이동하는 게 같을 리가 없었다.

실제로 좀비 떼의 습격을 받은 지 1시간이 지났지만, 이동

거리는 올 때의 10%도 되지 않는 것이다.

'자바워크'로 잠시 속도를 높이는 것만으로 벗어날 수 있는 상황이 아니라는 말이다.

아니, 그 이전에…….

'벗어날 수 있는 상황이기는 한 건가?'

처음 좀비의 습격 시작됐을 때 태영은 일단 이 도시를 벗어나야 한다고 생각했다.

그 생각은 지금도 마찬가지였다.

물론 도시를 벗어난다고 해도 좀비 떼가 쫓아오지 않는다는 보장은 없지만, 적어도 지금처럼 좀비 떼에 휩싸여 있는 게 아니라면 따돌릴 수는 있을 테니까.

그러나 그 부분도 이미 답이 나와 있었다.

'1시간 동안에 채 10%도 이동하지 못했다. 단순 계산으로도 이 상태로 도시를 벗어나려면 앞으로 9시간 이상 걸린다는 말이야.'

그때까지 병사들의 체력이 버텨 줄 수 있을 리가 없었다.

설사 버텨 준다고 해도 좀비 떼가 도시 밖까지 추격해 오면 결과는 달라지지 않을 것이다.

아니, 최소 9시간이 걸린다면 굳이 도시를 탈출할 이유도 없었다.

'언데드는 특별한 경우가 아니라면 밤에만 활동할 수 있다. 우리가 그 크레이터에 도착했을 때 놈들이 좀비가 되

어 일어난 게 최대한 깊이 끌어들여 습격하려는 게 아닌, 단순히 그때 밤이 시작돼서라면…….'

앞으로 9시간이면 동이 틀 무렵.

도시에 있든 도시를 벗어나든 좀비 떼의 공격이 멈출 확률이 높다는 말이다.

'이것도 확실한 건 아니야. 그리고 설사 그렇게 된다 해도 9시간 이상 버텨야 하는 건 마찬가지다. 하지만 방어와 공격을 병행하며 놈들을 뚫고 나가는 것과 방어 하나에 집중하며 버티는 건 달라.'

방법을 바꿀 필요가 있다는 말이다.

"워트, 발투스, 진로를 바꾼다! 목적지는 저쪽에 보이는 반파된 빌딩 안이다!"

"반파된 빌딩? 저 폐허를 말하는 거야? 하지만 저런 건물 안으로 들어가면 순식간에 놈들에게 휩싸여 아무 데도……."

"상관없어! 저 건물은 진입로는 좁지만, 벽이 꽤 두껍고 안쪽의 공간도 넉넉해. 게다가 주변에 무너진 건물의 잔해가 뒤엉켜 있어 놈들이 한꺼번에 몰려들기도 힘들어. 그러니 저 건물에서 방어로 전환! 날이 밝을 때까지 버틴다!"

"날이 밝을 때까지…… 놈들은 언데드니 날이 밝으면 다시 시체로 돌아갈지도 모른다는 말인가?"

"최소한 지금보다 약해지기는 하겠지. 너도 이미 알고 있겠지만, 어차피 이대로 좀비 떼를 뚫고 나가기는 무리야!"

"그래, 그건 알고 있지만……."

우측에서 태영이 가리킨 건물을 바라보던 워트가 심란한 표정으로 소리쳤다.

"지금 병사들은 전진 대형을 갖추고 있어! 일반적인 전장이라면 모르겠지만, 지금처럼 빈틈조차 보이지 않는 좀비 떼에 뒤덮여 있는 상황에서 갑자기 진로를 바꾸면 병사들에게 상당한 부담이 돼! 게다가 네 말대로 저 건물은 진입로가 몇 개 되지도 않고, 좁잖아. 선두 부대는 몰라도 후열의 부대는 괴멸적인 타격을 입게 될지도 몰라!"

"그럴 일은 없어!"

그러나 태영은 단호한 목소리로 대답했다.

"후방은 내가 맡는다! 그리고…… 그래, 이제 도착했어!"

"도착하다니?"

뒤이은 말에 워트가 의아한 표정으로 되물었을 때였다.

삐이이이-!

밤하늘에 청영의 울음이 울려 퍼졌다.

그리고…….

찌찌찌찌! 삐이삐이! 까악까악!

그 뒤를 이어 울리는 무수한 새의 울음!

마치 밤하늘을 뒤덮듯이, 아니 실제로 뒤덮여 있었다.

청영의 뒤로 엄청난 숫자의 새 떼가 먹구름처럼 밤하늘을 뒤덮으며 몰려오는 것이다.

좀비의 습격이 시작된 이후 한동안 청영이 보이지 않던 이유가 그 때문이었다.

"저, 저 새 떼는……."

"숫자에는 숫자지."

그런 태영의 지시를 받고 부르러 간 것이다.

태영이 디스바로스에게 받아 온 힘의 파편 '왕의 부리'를 되찾을 때 익힌 '왕의 부름', 모든 종류의 새를 조종할 수 있는 스킬을 사용해 근방의 새라는 새는 몽땅 말이다.

"청영, 저쪽이다!"

삐이이이–!

그리고 태영의 목소리와 동시에 울리는 청영의 울음과 함께 일제히 급강하!

찌찌찌찌! 삐이삐이! 까악까악!

그야말로 파도처럼 좀비 떼를 휩쓸기 시작했다.

그리고 그 좀비 떼가 증명했듯이 숫자는 그 자체가 힘!

수천, 수만 마리의 새 떼가 일제히 날아들어 들이박고, 쪼고, 긁어 대자 좀비 떼도 혼란에 휩싸였다.

이에 워트와 발투스, 드미트리, 에단, 자레드 등등은 황당하기 짝이 없는 표정을 떠올렸지만, 그런 이유로 기회를 놓칠 만큼 미숙하지는 않았다.

"드미트리! 에단!"

"네! 제국 기사단! 놈들을 돌파한다!"

“루이너 왕국군은 제국 기사단을 보조하며 따라라!”

“부상자가 많은 부대부터 저 건물에 진입한다! 먼저 진입한 부대는 신속히 부상자를 치료! 나머지는 후발대를 엄호하며 방어진을 구축한다!”

“와아아아!”

바로 대형을 전환해 새 떼의 공격으로 갈라지는 좀비 떼를 가르며 건물로 돌진!

콰쾅-!

그 뒤로 몰려드는 좀비는 태영의 몫이었다.

촤촤촤촤-!

거기에 청영도 새 떼의 왕답게 ‘깃털 폭풍’을 날리며 가세!

덕분에 원정군은 착착 건물에 입성!

새 떼와 함께 마지막까지 후방에 남아 있던 태영이 들어갔을 때는 이미 사방의 통로에 두꺼운 방어진이 펼쳐져 있었다.

그러나 당연히 그것만으로 상황이 호전됐다고 말할 수는 없었다.

여전히 수십 킬로미터에 달하는 지역이 온통 좀비 떼로 뒤덮여 있는 상황.

거기에 비하면 태영 일행이 1시간이 넘도록 쉬지도 않고 죽인 좀비는 1%도 되지 않는 숫자였고, 그 뒤로 1시간을 더 죽여도 마찬가지였다.

그어어어—!

진입로는 물론 좁은 틈만 있어도 쉴새 없이 비집고 들어오는 좀비! 좀비! 좀비!

조금 더 지나자 겹겹이 쌓이는 좀비를 밟고 올라온 좀비가 벽을 기어 넘어 들어오기도 했다.

그래도 확실히, 좀비 떼를 뚫으며 진군할 때와 달리 교대로 휴식을 취하고, 치료도 할 수 있게 되어 그때보다는 여유가 생겼다고 할 수 있었다.

—앞으로 8시간…… 버텨 낼 수 있을까?

"할 수 있어."

그러니 이 부분은 이전보다 자신 있는 게 대답할 수 있었다.

문제는 그게 몇 명이나 살아남아서 버텨 낼 수 있겠냐는 질문으로 바뀌면 그리 긍정적이지 못하다는 점이지만, 그 역시 대답은 정해져 있었다.

'한 명이라도 많이!'

이에 잠시 숨을 고른 태영이 다시 그리모어를 고쳐 쥐었을 때였다.

콰광—!

돌연 그 앞으로 몰려드는 좀비 떼로 한 줄기 섬광이 내리꽂혔다.

그리고…….

콰쾅! 콰쾅! 콰콰콰콰–!

건물 주위로 무수한 섬광이 내리꽂히기 시작했다.

❂

"이, 이게 뭐……."

모두의 얼굴이 충격에 휩싸였다.

그 앞에서는 그런 표정이 충분히 이해될 정도의 장면이 펼쳐져 있었다.

하늘에서 내리꽂힌 섬광이 휩쓸고 지나간 자리에 좀비는 커녕 건물의 잔해조차 보이지 않았다.

그저 커다란 웅덩이만 남아 있을 뿐이었다.

그런 게 하나도 아니었다.

섬광은 비처럼 쏟아졌고, 그 결과는 그야말로 괴멸적!

태영 일행이 모여 있는 건물을 중심으로 수백 미터 공간이 모두 그런 상태로 변해 있었다.

그러나 더 충격적인 건 그 위로 보이는 장면이었다.

"저, 저게 대체……."

"나, 날아오고 있어! 거대한 배가…… 아니, 대체 저게 뭐지? 어떻게 저런 거대한 물체가 하늘에……."

"하늘을 날아오는 배라니…… 그런 건 전설로밖에 듣지 못했다고."

제국이나 루이너 왕국 병사들만의 반응이 아니었다.

박 중사나 이 중위 부대원도 마찬가지였다.

비행 물체 따위는 새삼스럽지도 않은 현대 출신인 그들도 본 적이 없기 때문이다.

누군가의 말처럼 배, 그것도 전장이 200여 미터에 달하는 거대한 배가 유유히 하늘을 가르며 날아오는 장면은 말이다.

콰콰콰콰—!

그리고 또다시 좌우로 수십 줄기의 섬광을 발사!

조금 전의 섬광에 공백 상태가 되어 버린 지역으로 다시 몰려들어 오는 좀비 떼를 증발시키며 하강해 건물 앞에 내려앉았다.

촤촤촤촤—!

그리고 곧 간판 위에서 여러 개의 발판이 내려왔다.

"레온!"

그러자 워트와 발투스를 시작으로 모든 병사의 눈이 태영에게 집중되었다.

– 저건…… 타라는 의미겠지? 어쩔 거야?

그런 의미의 시선이었다.

그러나 굳이 물을 필요도 없는 일이었다.

그 비행 전함의 정체는 모르지만, 적어도 그 비행 전함에 타지 않으면 어떻게 될지는 지난 2시간의 경험으로 충분히 예상할 수 있기 때문이다.

또 망설일 시간이 없다는 것도.

"모두 승선하라!"

이에 태영은 빠르게 결정!

그 명령에 따라 먼저 발투스와 루이너 왕국군이 발판을 타고 올라갔고, 워트와 제국군과 노월 왕국, 발테아르의 병사들이 그 뒤를 따라 승선했다.

그리고 마지막으로 태영이 흑영과 청영을 데리고 갑판 위로 올라갔을 때.

콰콰콰콰—!

전함의 좌우에서 다시 섬광이 뿜어졌다.

그사이에 거리를 좁혀 온 좀비 떼를 향해 뿜어내는 섬광이었고, 그 결과는 앞서 본 것처럼 괴멸!

수천의 좀비 떼가 흔적도 없이 사라졌다.

"뜨, 뜬다!"

"정말 날아오르고 있어! 우리를 모두 태우고도 말이야!"

그러나 병사들이 놀라는 건 이쪽이었다.

뭐 섬광과 달리 전함을 타고 날아오르는 건 직접 체감하는 일이니 무리도 아니다 싶지만 어쨌든, 태영을 놀라게 하는 건 따로 있었다.

"다행이군. 전사이니 전장에서 죽을 각오 정도는 하고 있었지만, 좀비 떼에게 물어뜯기며 맞이하고 싶지는 않으니까. 뭐 아직 그런 말을 하기는 이를지도 모르지만…… 대체 이

전함은 뭐지? 레온, 네가 살던 세계는 이런 것까지 있었던 건가?"

"우리 쪽 세계의 물건이 아니야."

"뭐? 하지만……."

"이런 전함은 나도 처음 보는 거라 아무것도 몰라. 하지만 누구에게 물어봐야 하는지는 알고 있지. 나도 방금 알게 된 거지만."

태영이 고개를 돌리며 대답했다.

그 시선을 따라 고개를 돌리던 워트가 놀란 얼굴로 입을 다물었다.

태영이 바라보는 방향에서 한 사내가 다가오고 있었고, 그는 태영은 물론, 워트도 아는 사람이었기 때문이다.

—……저 녀석이 어떻게 여기서 나오는 거야?

태영도 모른다.

"오랜만이니 인사부터 해야 하나?"

"그런 건 넘어가죠. 공왕님이나 저나 그럴 상황은 아닌 것 같으니까."

태영도 쓴웃음을 지으며 대답하는 그, 카자드와는 디스바로스의 정신세계에서 헤어졌다가 지금 처음 보게 된 것이니까.

"그래도 일단 고맙다는 말을 해 두지. 경이 와 주지 않았다면 꽤 험한 꼴을 당하게 됐을 테니 말이야. 그러니 굳이 따지고 싶지는 않지만…… 대체 이 전함은 뭐지?"

"신대 시대의 유물입니다."

"신대 시대의 유물? 나도 그쪽에는 관심이 많은 편이지만, 이런 게 있었다는 말은 들어 본 적이 없는데……."

"그럴 겁니다. 이 공중 전함의 이름은 파이널 포트리스, 그 이름처럼 신대 시대가 끝나기 직전에, 그것도 비밀리에 제작된 겁니다. 당연히 이 공중 전함에 대한 자료도 없죠. 아니, 그렇게 말할 수는 없겠군요. 파편화되어 있어 취합하는데 꽤 오랜 시간이 걸리기는 했지만, 결과적으로 찾아냈기에 여기에 있는 거니 말입니다."

"그럼 혹시 디스바로스의 정신세계에서 중앙대륙으로 이동한 이유가……."

"물론 첫 번째는 연합군을 결성하기 위해서였지만, 이 공중 전함을 찾으려는 이유도 있었습니다. 놈들의 목적이 명확해진 이상 우리도 가능한 한 모든 수단을 동원해야 할 테니 말입니다. 하지만……."

"그래, 너무 늦었지."

한숨으로 바뀌는 카자드의 목소리에 태영이 고개를 끄덕였다.

"하지만 낙담할 일도 아니야."

"긍정적으로 생각할 상황도 아니죠. 공왕님도 짐작하고 계실 테니 말입니다. 저 아래에 보이는 놈들을 언데드로 만들어 버린 게 누구인지 말입니다."

"그래서 하는 말이다. 머릿수로만 따지면 대륙군은 연합군의 10배에 달하는 규모다. 그런 숫자의 인간을 대체 어떻게 몽땅 언데드로 바꿔 놓을 수 있었는지는 모르겠지만, 그런 짓을 할 만한 이유는 두 가지밖에 없어. 그래도 승산이 없다고 판단했던가, 내분이 있었던가. 어느 쪽이든 그런 짓을 하고 도망쳤다는 건 놈들도 그만큼 궁지에 몰려 있다는 말이다."

"도망이라……."

카자드의 얼굴이 쓴웃음이 떠올랐다.

"뭐지? 그 반응은?"

"뭐랄까, 저도 공왕님처럼 낙천적으로 생각할 수 있다면 좋았겠다는 생각이 들어서 말입니다."

"아니라는 건가?"

"그런 말은 아닙니다. 뭐가 됐건 놈들이 도망간 건 사실이니 말입니다. 문제는 방금 공왕님이 말씀하신 것처럼 객관적으로 보면 결코 불리한 상황이 아니었는데도 놈들이 왜 제대로 싸워 볼 생각조차 하지 않고 도망갔느냐 하는가죠. 그게 놈들이 이 뒤에 또 무슨 짓을 할지와도 연결되는 부분일 테고 말입니다."

이어지는 말에 태영이 미간을 좁히며 되물었다.

"……뭔가 알고 있는 건가?"

"정확하지는 않지만, 예상이 되는 건 있죠. 아니, 정확히 말하면 들었습니다. 공왕님이 먼저 이곳으로 돌아오고 난 뒤에, 디스바로스에게 말입니다."

"디스바로스에게?"

"네, 제가 무리를 하면서까지 이 공중 전함을 찾아 날아온 이유도 그 때문입니다."

"대체 무슨 말을 들었다는 거지?"

"그건……."

잠시 말끝을 흐리던 카자드가 고개를 저었다.

"잠시 후에 얘기하도록 하죠. 연합군에게도 이 도시의 상황을 전해 줘야 할 테고, 연합군과도 같은 얘기를 해야 할 테니까. 지금은 공왕님도 휴식이 필요해 보이고 말입니다."

"그런 식으로 말을 끊어 놓고 쉬라는 건가?"

"공왕님을 걱정해서 하는 말만은 아닙니다. 지금 상황에 당혹스러워하는 건 공왕님만이 아니니까. 저도 생각을 정리할 시간이 필요합니다."

카자드는 그 말을 끝으로 몸을 돌렸다.

그 말처럼 카자드는 꽤 복잡한 표정을 하고 있었다.

수없이 회귀하며 수없이 그를 봐 온 태영조차 한 번도 본 적이 없을 정도로 심각한 얼굴로 말이다.

그 탓에 태영의 머릿속도 한층 더 복잡해졌지만.

"오래 걸리지는 않을 겁니다."

뒤이은 말처럼 기다림의 시간은 그리 길지 않았다.

카자드가 공중 전함 내부로 들어가는 것과 동시에 공중 전함은 방향을 돌려 발진!

“우, 우와!”

“나, 난다! 날아가고 있어!”

갑판 곳곳에서 탄성이 터져 나올 정도로 빠른 속도로 좀비 떼가 득실대는 도시를 벗어났다.

그리고 그 상태로 몇 시간을 날아왔을 때.

지평선 너머로 떠오르는 해와 함께 넓은 평원을 뒤덮은 수만의 병사들이 보였다.

아르키네아 제국을 시작으로 중앙대륙의 왕국 깃발을 나부끼며 진군해 오는 연합군의 병사들이었다.

“뭐, 뭐야, 저게?”

“저렇게 커다란 전함이 하늘을 날다니…….”

“대체 어디서 저런 게…….”

공중 전함이 그 앞으로 내려서자 당연히 병사들이 술렁대기 시작했다.

“어? 저, 저분은…….”

“카자드 경이다!”

“그 뒤에 드미트리 경과 에단 경, 울란 경도 있어!”

“우리 왕국의 자레드 경도 있어!”

일단 태영과 함께 서방 대륙으로 넘어왔던 기사들은 그 대부분이 꽤 유명한 사람들이라 신분 확인 절차는 빠르게 패스.

태영과 카자드, 그리고 워트를 포함한 부대장급은 바로 연합군의 총사령관인 그라디오스 후작을 만날 수 있었다.

그리고…….

"놈들이 이미 도주했다고?"

"네, 어디로 사라졌는지에 대한 단서도 찾을 수 없었습니다. 그런 단서를 찾을 수 있는 상황도 아니었고 말입니다."

"그건 무슨 말이지?"

"저희가 도착했을 때 그 도시에 집결되어 있던 적군은 이미 모두 죽어 있었습니다. 그리고 우리가 도시에 진입하고 얼마 뒤, 다시 일어났습니다. 수십만에 달하는 시체가 모두 언데드로 변해서 말입니다."

"그, 그게 무슨 말도 안 되는……."

"저희가 직접 보고, 경험한 일을 그대로 말씀드리는 겁니다."

인사도 생략한 태영의 보고에 그라디오스 후작의 얼굴에도 당혹감이 번졌다.

"발탄 대수해를 나온 직후를 제외하고는 대규모 적군과 마주친 적이 없어서 수상하게 생각하고 있기는 했지만 그런 일이 벌어지고 있었을 줄은…… 쉽게 믿어지지도 않지만, 그 이상으로 이해하기 힘들군. 대체 놈들이 그렇게까지 해야 할 이유가 뭐지?"

"그 질문에 대답할 사람은 제가 아닙니다."

태영이 카자드를 돌아보며 대답했다.

자연히 그라디오스 후작과 나머지 지휘관의 시선도 카자드에게 집중되었다.

"확실한 건 아닙니다."

"그렇게 말하는 걸 보니 짚이는 게 있기는 한 모양이군. 또 적어도 경은 일정 수준 이상 확신하고 있다는 말일 테고."

"네."

그리디오스 후작의 말에 카자드가 살짝 고개를 끄덕였다.

그리고 잠시 생각하다가 다시 말을 이었다.

"그 부분에 관한 설명하자면 일단 원정군이 서방 대륙으로 넘어간 직후, 저와 공왕님이 적 마법사가 만든 차원 포탈을 통해 가게 된 세계부터 설명해야 합니다."

"꽤 멀리 돌아가는군."

"필요한 일입니다. 지금부터 이 세계에서 벌어질 일은 과거 그 세계에서 일어난 일이니까요."

"그 말은……."

"방금 공왕님이 말한 것과 같은 일도 이미 그 세계에서 벌어졌던 일이라는 말입니다. 일전에 황성에서 뵙고 말씀드린 것처럼 그 세계는, 정확히 말하면 저와 공왕님이 갔던 세계는 사도라고 불리는 존재에게 멸망당한 세계의 수호자였던 자의 정신세계라고 들었습니다만, 그 세계가 멸망하기 직전에도 놈들의 본거지로 지목된 지역이 통째로 사라졌다고 합니다."

"통째로 사라져?"

"우리가 좀비 떼의 습격을 받기 전에 본 걸 말하는 것 같습니다. 도시 중심지에 수 킬로미터에 달하는 지역이 통째로 뜯어져 나간 것처럼 거대한 웅덩이가 파여 있었습니다."

그라디오스 후작의 물음에 드미트리가 덧붙였다.

카자드가 고개를 끄덕이며 말을 이었다.

"그게 그 수호자라는 자가 말해 줬던 것과 같은 이유로 벌어진 일이라면, 이미 깨어났다는 의미입니다."

"놈들이 불어낸다는 마인을 말하는 건가?"

"아니, 그 이상의 존재입니다."

"그 이상?"

"마더, 마인을 낳는 존재입니다."

"그, 그게 무슨……."

"비유가 아닌, 말한 그대로입니다."

카자드가 당혹스러운 목소리로 떠듬대는 그라디오스 후작의 말을 막으며 말을 이었다.

"당시 그의 세계는 모든 면에서 우리보다 앞서 있었습니다. 수호자라는 자 역시 당시에는 마인보다 몇 배나 강한 힘을 가지고 있었다고 하죠. 하지만 말했듯이 그 세계는 멸망했습니다. 방금 말한 마더가 깨어난 지 불과 열흘 뒤에, 그 동안 마더가 낳은 마인 군단에 의해서 말입니다."

"그……."

그라디오스 후작은 말을 잇지 못했다.

충격에 휩싸인 얼굴에는 무수한 질문이 떠오르고 있었지만, 무슨 질문을 해야 할지, 심지어 어떤 표정을 지어야 할지도 모르겠다는 얼굴이었다.

그만이 아니었다.

그 옆의 모어와 드미트리, 에단, 자레드 등도 같은 얼굴이었다.

막사 안에 모인 10여 명의 사람 중 그들과 다른 얼굴을 하고 있는 사람은 단둘, 그들의 얼굴을 그렇게 만들어 버린 말을 한 당사자인 카자드와 태영뿐이었다.

그러나 그게 태영이 충격을 받지 않았다는 말은 아니다.

되레 그 반대다.

'……그렇게 된 거였나?'

이제야 비로소 알게 됐기 때문이다.

과거, 수많은 역경을 이겨 내 왔던 태영조차 절망의 눈으로 바라볼 수밖에 없던 장면, 하늘을 뒤덮으며 나타난 마인들이 어디서 나왔는지를 말이다.

그러니 그들과는 다를 수밖에 없었다.

카자드의 말과 함께 태영의 머릿속에 떠오른 건 다른 사람들처럼 막연한 상상이 아니니까.

태영에게는 직접 겪어 본 현실, 그것도 절망밖에 보이지 않던 현실이다.

그러나 곧 태영은 세차게 머리를 흔들었다.

'그때의 일을 떠올릴 필요는 없어! 지금 중요한 건 과거가 아닌 현재다. 그리고 과거에는 어땠든 이번에는 아직 일어나지 않은 일이다! 아직 막을 기회가 있다는 말이다! 아니, 막아 내겠다! 무슨 수를 써서라도!'

그라디오스 후작도 같은 결론에 도달한 모양이다.

"그럼 이러고 있을 때가 아니지 않나! 경의 말이 사실이라면 지금 이 순간에도 마인이 늘어나고 있을 터! 놈들을 찾아내 막아야 할 거 아닌가?"

"어떻게 말입니까?"

그러나 그 역시 뒤이은 카자드의 질문에는 대답하지 못했다.

"그 마더라는 존재는 우리의 상상이 닿지 않는 차원의 존재입니다. 방금 드미트리 경이 목격했다는 도심의 웅덩이가 그 증거죠. 아마도 지금 거기서 떨어져 나온 지역이 있는 곳은 하늘, 마더의 힘으로 떨어져 나와 이 세계 어딘가에 떠 있을 겁니다."

"하지만 우리에게는 경이 타고 온 공중 전함이 있지 않은

가? 놈들이 그 말대로 하늘에 떠 있다고 해도 그 공중 전함을 이용하면……."

"이 세계 어딘가입니다."

그라디오스 후작의 말에 카자드가 다시 한번 힘주어 말했다.

"앞서 말한 것처럼 그 수호자의 세계는 이 세계보다 앞선 문명이었음에도 마더가 깨어난 지 열흘 만에 멸망했습니다. 위치는커녕 방향조차 모르는 상황에서 열흘 안에 놈들을 찾아낼 확률이 얼마나 된다고 생각하십니까?"

"해 보지 않으면 모르지."

그때 태영이 카자드를 돌아보며 대답했다.

"네 말대로 그런 식으로 놈들을 찾아낼 확률은 제로에 가깝지만, 그게 절대 일어날 수 없는 일이라는 의미는 아니야. 너와 내가 그 증거다. 넌 우리가 공간의 틈에 떨어졌을 때도 같은 말을 했지만, 지금 우리는 이곳에 있으니까."

"그때와 지금은……."

"다를 것도 없어. 어차피 선택지는 두 가지다. 시도라도 해 보든가, 시도조차 하지 않고 포기하든가. 난 당연히 전자다."

태영의 말에 카자드가 미간을 찌푸렸다.

"포기해야 한다고 말한 적은 없습니다. 그리고…… 네, 어쩌면 공왕님의 말대로 우연히 찾아낼 수도 있겠죠. 하지만 놈들을 찾는다고 끝나는 게 아니지 않습니까? 말했듯이 마더는 마인을 낳는 존재. 거기에 걸리는 시간만큼 마인이 늘어나 있을 거고, 공중 전함만으로 놈들과 싸워 이길 수 있다는 생각은 들지 않습니다. 그러니 차라리 그 뒤, 놈들의 공격이 시작될 때를 대비하는 게 현실적이라는 말입니다."

이번에는 태영의 미간이 찌푸려졌다.

"인제 와서 무슨 말을 하는 거야? 마인이 어떤 놈들인지는 너도 경험해 봤잖아. 애초에 그런 놈들이 떼지어 몰려오는 걸 막을 방법이 있으면……."

"있습니다."

카자드가 태영의 말을 끊으며 대답했다.

"이, 있다고?"

"네, 신대 시대의 유물입니다. 아니, 결전 병기라고 해야겠군요."

"대체 어떤 능력의 유물이기에……."

"그건……."

복잡한 표정으로 말을 흐리던 카자드가 작은 한숨을 불어내며 고개를 저었다.

"저도 모릅니다."

- 뭐? 이 자식이 지금 장난하나?

그리모어가 울컥한 목소리로 소리쳤다.

그리고 비록 입 밖으로는 내지 않았지만, 기대 어린 눈으로 바라보던 태영은 물론, 그라디오스 후작 이하 모든 사람의 얼굴에 그 말과 같은 표정이 떠올랐다.

"하지만 하나만은 분명하게 말할 수 있습니다. 만약 그 유물을 찾아낸다면 놈들의 공세가 시작돼도, 아니 설사 이 세계가 멸망 직전의 상황에 놓이게 된다고 하더라도 역전의 기회를 얻을 수 있을 거라고 말입니다."

"그게 어떤 힘을 가진 유물인지도 모르면서 그렇게 확신한다는 말인가?"

"네."

그러나 이어지는 대답에 심각한 표정으로 바뀌었다.

그라디오스 후작의 질문에 대답하는 카자드의 얼굴은 그 정도로 확신에 차 있었고, 그는 그런 표정 하나만으로도 자신의 주장을 이해시킬 수 있는 경력을 가지고 있기 때문이다.

"흠……."

이에 잠시 침음성을 내며 생각에 잠겨 있던 그라디오스 후작이 슬쩍 시선을 올리며 물었다.

"정말 그런 병기가 존재한다면 희박한 확률에 매달려 놈들을 찾아다닐 필요는 없겠지. 하지만 '만약'이라는 말이 걸리는군. 이미 경이 가지고 있거나, 어디에 있는지라도 알고 있다면 굳이 그런 단어를 붙여서 말하지는 않았을 테니까."

"그렇습니다."

"그럼에도 놈들보다 그 병기를 찾는 쪽이 확률이 높다는 건 적어도 그쪽은 찾아낼 수 있는 단서 정도는 있다는 말이겠지."

"네."

"하지만 그것도 그리 낙관적으로 들리지는 않는군. 바꿔 말하면 그건 중앙대륙 최고의 마법사가 그런 단서를 가지고도 찾아내지 못했다는 말이 되니까 말이네."

"그래서 하는 말입니다."

카자드가 고개를 끄덕이며 대답했다.

"저는 지금까지 그 유물에 대해서는 한 번도 입 밖에 낸 적이 없습니다. 이유는 물론 짐작하시리라고 생각합니다, 또 지금 말씀드리는 이유도."

"위험하니 지금까지는 숨겨 왔지만, 이제 더 위험한 일이 벌어졌으니 같이 머리를 맞대고 생각해 보자는 말이로군."

"네."

"그럼 놈들을 찾아 나서는 게 나을지, 차라리 그 시간에 유물을 찾기에 매진하는 게 나을지는 그 단서라는 것부터 들어 보고 결정해야겠군. 어디, 아는 대로 말해 보게. 경의 말대로 한 명보다는 여러 명이 생각하는 게 나을 테고, 어디의 어떤 부분이 그 나은 생각을 짜낼 단서로 작용하게 될지는 모르니까."

"일단 그 유물의 이름은 다보스의 추입니다."

"나도 신대 시대의 자료는 종종 찾아보는 편이지만, 들어 보지 못한 이름이군. 이름만 들어서는 경이 말한 것처럼 무시무시한 병기처럼 느껴지지도 않고 말이야."

그라디오스 후작이 미간을 찌푸리며 중얼거렸다.

다른 사람도 마찬가지였다.

그리고…….

"아니, 미안하네. 계속하게."

그라디오스 후작의 말과 함께 그 주름은 점점 더 깊어지기 시작했다.

그 뒤로 카자드의 말이 꽤 오래 이어졌지만, 내용은 문맥조차 제대로 이어지지 않는 단어의 나열이었기 때문이다.

게다가 그 단어마저도 뭔가를 상징하거나, 혹은 비유적으로 표현한 것인지 아닌지조차 파악하기 힘들 정도로 난해했다.

"음……."

자연히 곳곳에서 침음성이 흘러나왔다.

태영도 마찬가지였다.

그러나 태영이 침음성을 흘리기 시작한 건 그들과 달리 카자드의 설명이 시작되기 전이었고, 그 의미도 다른 사람들과는 조금 달랐다.

'다보스의 추…….'

비슷한 이름을 어디선가 들어 본 것 같은 느낌이 들어

서다.

그 뒤에 카자드가 늘어놓은 단어들도 마찬가지였다.

대부분은 다른 사람들이 얼굴로 표현하듯이 태영에게도 생소하게 들렸지만, 그중 몇몇 단어는 귀에 익은 느낌이 들었다.

그러나 조바심을 내며 집중할수록 되레 더 멀어지는 느낌이 들어 답답해할 때였다.

"일단 나는 떠오르는 게 없군. 아니, 그 이전에 그 단어들이 뭘 의미하는 것인지조차 모르겠군. 모어 경."

"죄송합니다. 저도 전혀 모르겠습니다."

"죄송할 것 없네. 그런 기대를 하고 부른 게 아니니까."

"그럼 왜……."

"지금 바로 각 부대장을 집합시키게. 카자드 경의 말을 듣고 나니 더 막막하게 느껴지지만, 당장 여기에 모인 사람들이 답을 내놓지 못한다고 이 세계의 운명이 걸린 일을 결정할 수는 없지. 그러니 부대장을 통해 좀 전에 들은 내용을 병사들에게도 전하도록 하지."

"연합군 전체에 말입니까?"

"그래, 신대 시대에 관련된 내용은 여러 지방에서 구전되어 내려오지만, 같은 내용이라도 사투리처럼 조금씩 다르지. 즉, 우리에게는 생소한 단어라도 어떤 지방에서는 일상적으로 쓰이고 있을 수도 있다는 말이네. 방금 카자드 경이 말한 단어들도 그런 거라면 우리끼리 머리를 맞대고 고민한다고 답이 나올 리가 없고, 굳이 그럴 필요도 없지. 밖에는 연합군이라는 이름처럼 대륙 곳곳에서 모인 12만이나 되는 병사가 있으니까 말이야."

'……아!'

그라디오스 후작의 말에 정신이 번쩍 들었다.

여러 지방에서 구전되어 내려온다는 말을 듣는 순간 떠올랐기 때문이다.

일단 여기에 적힌 내용은 모두 사실로 확인된 내용이 아니라는 것을 밝혀 둔다.

물론 그렇다고 창작도 아니다.

이는 내가 오랜 세월 헌터로 활동하며 모은 자료와 각 지방에 전해지는 신대와 고대에 관련된 얘기 중 신빙성이 높은 내용을 추려서 적어 놓은 것으로…….

떠오를 듯 떠오르지 않던 '다보스의 추'라는 이름이 이런 서문으로 시작하는 책에서 본 적이 있다는 사실을 말이다.

게다가 태영은 그 책의 저자를 직접 만나 본 적까지 있었다.

"……도노반!"

"응? 갑자기 뭔가? 도노반이라니? 그게 누군가?"

"오랫동안 헌터 생활을 하다가 은퇴하고 그동안 모은 자료로 신대와 고대에 관련된 책을 쓰고 있는 사람입니다!"

"신대와 고대에 관련된 책? 그렇다면……."

"네, 그라면 알고 있을지도 모릅니다! 아니, 틀림없이 알고 있습니다! 그가 쓴 책에 분명 다보스의 추라는 이름이 적혀 있었습니다! 어떤 내용이었는지까지는 모두 기억나지 않지만, 분명 거기에 카자드 경이 말한 단어들도 있었던 것 같습니다!"

"직접 봤다고? 좀 전에는 쓰는 중이라고 하지 않았나? 그럼 자네는 아직 완성되지도 않은 책을 읽어 봤다는 건가?"

태영은 이어지는 질문에 아차 싶었다.

그러나 지금은 그런 걸 따질 때가 아니었고, 그라디오스 후작 역시 같은 생각인 모양이다.

"아니, 그런 건 됐고, 자네가 직접 본 내용이라면 진위를 따질 필요도 없겠군. 혹시 그 도노반이라는 사람이 어디에 있는지도 알고 있나?"

"네, 워렌 영지 근방의 개척 마을에 살고 있습니다!"

"제국 동부의 영지로군. 카자드 경!"

"……이틀이면 될 겁니다."

그라디오스 후작이 돌아보자 잠시 생각하던 카자드가 고개를 끄덕이며 대답했다.

물론 공중 전함을 타고 이동했을 때의 얘기다.

"레온 경도 구체적인 내용까지는 생각나지 않는다니 아직 단언하기는 이르지만, 현시점에서는 가장 유력한 단서다. 나는 이대로 연합군을 이끌고 중앙대륙으로 돌아가며 계속 알아볼 테니, 경은 레온 공과 함께 공중 전함을 타고 먼저 워렌 영지로 가서 자세한 내용을 알아봐 주게."

"알겠습니다. 공왕님, 가시죠."

카자드가 바로 몸을 돌리며 말했다.

그리고 태영과 함께 다시 공중 전함을 타고 중앙대륙을 향해 발진!

서두른 덕분에 되레 예정을 앞당겨 하루 반 만에 목적지에 도착할 수 있었다.

개척 마을에 도착해서도 마찬가지.

갑자기 나타난 공중 전함에 놀라고, 거기에서 뛰어나오는 태영을 보고 한 번 더 놀라는 마을 사람들에게는 눈길도 주지 않고 바로 도노반의 집으로 직행!

"도노반 님!"

"헉! 컥컥! 뭐, 뭐야? 어떤 놈이……."

벌컥 문을 열며 소리치자 담뱃대를 빼끔대던 도노반이 놀란 얼굴로 바라보았다.

"어라? 자네는……."

"레온입니다!"

"아, 그래. 그런 이름이었지. 기억하네. 당연히 기억하지. 안타깝게도 그때보다 예의가 없어진 것 같기는 하지만…… 어쨌든 잘 왔네. 듣고 싶은 얘기도 있고, 하고 싶은 얘기도 있으니까. 그때 자네가 알아봐 달라고 부탁했던 반지 말인데……."

"그런 건 됐고! 지금 바로 알아봐 주셔야 할 게 있습니다!"

"알아봐 줄 거라니?"

"다보스의 추라는 신대 시대의 유물에 대해서입니다!"

"응? 뭐야? 이미 알아보고 온 건가?"

"네? 그게 무슨……."

"그건 내가 할 말 같군. 방금 내가 하려던 말이 그 반지가 다보스의 추와 관련이 있다는 말이네만?"

원점으로

"……네?"

태영이 뭔 말인지 이해되지 않는다는 표정을 떠올렸다.

도노반의 얼굴에는 되레 그 표정이 이해되지 않는다는 표정이 떠올랐다.

"아까부터 대체 왜 그런 표정으로, 왜 그런 대꾸를 하는지 도통 이해가 안 되는군. 뭔가 서로 딴소리를 하는 것 같다는 생각도 들기 시작하고 말이야."

"저는……."

"아니, 잠깐. 잠깐."

도노반이 고개를 저으며 태영의 말을 막았다.

그리고 두어 번 담뱃대를 빼끔대다 연기를 뿜어 올리며 말을 이었다.

"행동도 그렇지만, 말을 할 때도 순서라는 게 있는 법이네. 내게 뭔가를 알아보려고 왔다면 더 그렇고. 급하게 먹은 밥이 체했을 때는 좀 쉬면 그만이지만, 급하게 알아본 정보가 잘못됐을 때는 좀 쉬는 정도로 해결되지 않는 일이 벌어지기도 하니까 말이야."

"동감입니다."

대답은 태영의 뒤에서 들려왔다.

이에 살짝 고개를 꺾으며 시선을 돌리던 도노반이 움찔했다.

"다, 당신은……."

"공왕님께 들었을 때 어디선가 들어 본 적이 있는 이름이라는 생각이 들었던 이유가 있었군요."

"공왕?"

그리고 이어지는 그, 카자드의 말에 다시 한번 움찔하며 태영을 돌아보았다.

"얼마 전에 들른 행상인에게 근래 버림받은 땅에 발테아르라는 신생 왕국을 세운 사람의 이름이 레온이라는 말을 들었을 때는 그냥 내가 아는 사람과 같은 이름이라고 생각하고 넘어갔는데…… 동명이인이 아니었던 건가?"

"어쩌다 보니 그렇게 됐습니다."

"어쩌다 보니라니……."

"그보다 도노반도 카자드 경과 아는 사이였습니까?"
"아는 사이?"
태영의 질문에 도노반의 눈이 다시 카자드로 옮겨졌다.
처음 그를 봤을 때는 그저 당황하는 눈빛이었지만, 이번에는 확연한 불쾌감이 떠올라 있었다.
"제국 최강의 마법사를 모르는 마법사는 없지. 더구나 그렇게 대단한 마법사에게 협박까지 받은 적이 있다면 잊을 수도 없고 말이야."
"협박?"
"그래, 예전에 신대 시대의 유물과 관련된 자료를 찾아 들어간 던전에서 마주쳤을 때, 신대 시대의 유물을 건드리면 좋지 않을 거라고 말하더군. 이 세상에도, 또 나에게도. 그쪽에 너무 집착하면 끝이 좋지 않을 거라는 말도 했었지."
"꽤 오래된 일인데도 정확하게 기억하고 계시는군요."
"자네 같은 사람에게 그런 말을 들으면 누구라도 그 정도의 기억력을 발휘하겠지."
"그런 것치고는 포기하지 않은 것 같기도 하고요."
"그래서? 그때 말한 끝이 좋지 않을 거라는 말이 무슨 의미였는지를 확인이라도 시켜 주겠다는 건가?"
"아니, 지금은 다행이라고 생각하고 있습니다. 보다시피 지금 전 공왕님의 동행이고, 같은 목적으로 도노반 님을 찾아온 거니까요."

카자드의 대답에 도노반이 눈살을 찌푸렸다.

"난 그게 저 친구의 가장 큰 걸림돌이 되지 않을까 생각하네만."

태영도 슬슬 그런 생각이 들기 시작했다.

둘 사이에 오가는 대화로 대강의 상황이 짐작됐기 때문이다.

'그라디오스 후작과 얘기할 때 카자드는 신대 시대의 유물에 관한 정보는 비밀리에 알아보고 있다고 했었지. 바꿔 말하면 그건 다른 사람이 정보를 얻지 못하게 할 필요도 있다는 말이다. 방금 도노반이 말한 협박도 그런 의미였을 거고. 하지만 과거의 도노반은 결국 그와 관련된 책을 썼고…….'

어쩌면 과거 도노반이 의문사를 당하게 됐던 이유도 말이다.

'대체 왜 그렇게까지…….'

그리고 그건 그것대로 또 다른 의문과 연결되었지만, 당장은 해결하기 힘든 의문이었다.

설사 그 짐작이 사실이라도 과거의 일이고, 현시점에서는 아직 일어나지도 않은 일이다. 당연히 태영도 굳이 그런 일을 떠들어 상황을 더 꼬이게 만들어 놓을 생각은 없었다.

이미 카자드를 바라보는 도노반의 눈은 꽤 꼬여 있으니까.

"친한 사이는 아닙니다!"

이에 태영은 먼저 확실하게 짚고 넘어갔다.

"사실입니다."

카자드도 진심 어린 표정으로 동참했다.

"흠……."

도노반은 의심스러운 눈으로 둘을 바라보았다.

카자드는 기다렸다는 듯이 말을 맞춰 주었지만, 되레 그 부분이 안 좋았던 모양이다.

이에 태영이 다시 입을 열려 할 때, 잠시 머리를 긁적대며 담뱃대를 뻐끔대던 도노반이 고개를 저으며 먼저 입을 열었다.

"그만하면 됐네. 나도 앞뒤 분간도 못 할 정도로 멍청한 인간은 아니니까. 소문이 자자한 발테아르의 공왕과 제국 최강의 마법사가, 심지어 자네들 말에 따르면 친하지도 않다는 그 둘이 일부러 동행까지 해 가며 찾아왔다면 적어도 한때 안 좋은 말을 들었다는 이유만으로 쫓아낼 수 있는 용건은 아니겠지. 애초에 내가 쫓아낼 수 있는 사람들도 아니고. 단, 마음에도 없는 존경심까지 보이라는 말을 하지 않는다면 일단 들어는 보도록 하지."

"그럼……."

"서두르지 말게. 보고 싶지 않던 얼굴은 보게 된 탓에 끊겼지만, 대화에는 순서가 있는 법이니까. 일단 확인부터 하지. 자네는 그 반지와 다보스의 추가 관련이 있다는 걸 알고 찾아온 게 아니라는 말인가?"

"아까부터 말씀하시는 반지라는 건…… 일전에 제가 원반의 사용법을 물으러 왔을 때 같이 부탁했던 반지를 말씀하는 겁니까?"

"아까부터 계속 그리 말하고 있었네만?"

"그 반지가 다보스의 추라는 유물과 관련이 있다고요?"

"그것도 계속 말하던 거고."

"아니, 하지만…… 대체 어떻게 그런……."

"그건 내가 묻고 싶은 말이지. 하지만 일단, 지금 자네의 표정으로 모르고 있었다는 건 확실히 알겠네."

도노반이 황당한 표정으로 되묻는 태영을 바라보며 고개를 끄덕였다.

그리고 다시 두어 번 담뱃대를 빼끔대다가 물었다.

"그럼 대체 다보스의 추라는 이름은 어디서 들은 건가? 그건 그동안 내가 모은 이 많은 신대 시대의 자료 중에서도 딱 한 번밖에 적혀 있지 않은 단어인데 말이야."

"그건……."

"출처는 대답하기 곤란한 곳이라는 말이군. 그럼 아마도 왜 찾는지를 물어봐도 같은 반응을 보일 수밖에 없다는 말일 테고."

"죄송합니다."

"그런 말까지 할 필요는 없네. 단순한 호기심으로 물어본 말일 뿐이니까. 자네에게 협조하려는 것도 같은 이유지. 내게는 자네가 그 이름을 어디서 들었는지, 또 왜 찾으려고 하는지보다 내가 얻은 정보가 사실인지를 확인하는 게 더 중요하니까."

"찾을 만한 단서가 있다는 말입니까?"

"단서라……."

혼잣말처럼 중얼거리던 도노반이 슬쩍 입꼬리를 말아 올리며 대답했다.

"있지, 자네에게."

"그럼 혹시 그 반지가 관련이 있다는 말이……."

"그런 말이지."

도노반이 히죽 웃으며 대답했다.

"하지만 확실한 건 일단 그 반지부터 다시 확인해 봐야 알 수 있겠지. 일단 줘 보게. 설마 이렇게까지 얘기를 진행해 놓고 잃어버렸다는 말을 하지는 않겠지?"

"물론입니다."

태영은 얼른 반지를 꺼내 건네주었다.

한참 동안 유심히 반지를 살펴보던 도노반이 고개를 끄덕였다.

"확실하군. 정확히 일치해."

"뭐가 말입니까?"

도노반의 말에 태영의 머리는 옆으로 기울어졌지만, 그 뒤에서 지켜보던 카자드의 머리는 위아래로 움직였다.

"역시…… 그 단어들은 다보스의 추가 있는 곳을 가리키는 게 아닌, 다른 물건에 대한 설명이었나? 그런 가능성도 염두에 두고 있기는 했지만…… 설마 그게 저런 반지를 의미하는 거고, 그게 바로 옆에 있던 사람의 가방에 들어 있을 줄은……."

"그 단어라니?"

"내가 연합군의 막사에서 말했던 단어들 말입니다."

"아니, 하지만 그 단어에는……."

"다보스의 추와 관련된 단어라면 이걸 말하는 건가?"

그때 도노반이 책상 위에 놓인 책에 색인처럼 표시해 둔 부분을 펼치며 물었다.

그 페이지에는 연합군의 막사에서 카자드가 한 말과 똑같은 내용이 적혀 있었다. 그리고, 태영은 다시 봐도 거기 어디에 반지를 가리키는 단어가 있는지 알 수 없었지만.

"이건 애너그램이네."

"애너그램……."

"그래, 철자의 순서를 일정한 규칙으로 바꿔서 사용하는 일종의 암호네. 신대 시대의 유물과 관련되어 전해져 내려오는 말에 꽤 많이 쓰이는 방식이지. 내가 근래 들어서야 알게 된 게 그 때문이네. 좀 전에는 여기에도 일정한 규칙이 있다고 했지만, 그게 사용하는 사람에 따라 조금씩 다르거든. 그래서 풀지 못한 채로 놔뒀다가 얼마 전에야 수식을 찾아낼 수 있었네. 나만 찾아낸 게 아니라는 건 방금 알았지만."

도노반이 카자드를 힐끔대며 설명 주었다.

태영은 카자드를 힐끔대며 말했다.

"하지만 막사에서 그런 말은……."

"내가 애너그램을 적용해 그럴듯한 단어를 만들어 냈다고 그 단어들을 애너그램이라고 단정할 수 있는 건 아닙니다. 그라디오스 후작님의 말처럼 말이란 지역마다 다를 수도 있으니까요. 확실하지도 않은 말로 선입견을 심어 줘 버리면 찾을 수 있는 것도 못 찾게 될지도 모른다는 말입니다. 물론 제가 그 반지를 가지고 있었다면 그런 걱정까지 할 필요도 없었겠지만."

—……먹이는 거지?

질문에 대답하는 카자드는 뭔가 분주히 돌아가기 시작하는 상황에 눈치껏 입을 다물고 있던 그리모어조차 이런 말을 하고 싶어지게 만들 정도의 눈으로 태영은 바라보고 있었다.

그러나 새삼스럽지도 않으니 넘어가고!

"그럼 그 단어들이 이 반지를 가리키는 말이라고 하고, 대체 어떻게 이 반지를 다보스의 추를 찾는 단서로 사용할 수 있다는 겁니까?"

"그것도 이 단어에 나와 있네."

도노반이 책자에 적힌 단어들을 가리키며 대답했다.

"여기서부터 여기까지. 꽤 긴 내용이지만, 사실 그 대부분은 더미, 복잡하게 뒤섞어 놓은 철자를 그럴듯하게 보이게 만들기 위해 억지로 끼워 넣은 단어들이지."

"꼭 그렇게만 볼 수는 없습니다. 신대 시대의 애너그램 중에는 철자의 숫자나 대칭 구조가 바로 수식으로 연결되기도 하니 말입니다."

"그래, 정확히는 수식을 설명해 주기 위한 공식이라고 해야겠지. 이것도 그중 하나고 말이야."

"어디를 분기점으로 삼느냐가 중요하겠죠."

"그건 이미 말했지 않나? 말에는 순서가 중요하다고. 그럼 어디를 분기점으로 삼아야 할지는 바로 답이 나오지."

……무슨 말인지 하나도 알아들을 수가 없었다.

그러나 카자드와 도노반은 그런 생각을 고스란히 드러내는 표정으로 바라보는 태영에게는 눈길도 주지 않고 대화를 이어 나갔고, 그 둘의 입에서 곧 같은 말이 흘러나왔다.

"핵심은 빛이군."

"빛?"

"그래, 이러쿵저러쿵 꽤 장황하게 적혀 있고, 또 꽤 꼬아서 표현해 놓기도 했지만, 나와 저 대단하신 마법사가 해석한 바에 따르면 이 반지에 빛을 비추면 다보스의 추가 숨겨진 장소에 대한 단서가 드러난다는 거네."

도노반이 자신 넘치는 표정으로 설명했다.

그리고 태영 역시, 그런 알 수 없는 단어 속에서 그런 결론을 찾아낸 두 마법사에게 감탄했지만, 아쉽게도 표정으로 보여 줄 수는 없었다.

그동안 태영이 반지를 어두컴컴한 곳에서만 꺼내 봤을 리가 없기 때문이다.

당연히 해가 쨍쨍한, 그야말로 도노반이 말한 빛이 넘치는 곳에서도 꺼내서 살펴보았다. 그럼에도 딱히 이렇다 할 것조차 찾아내지 못했는데 인제 와서 빛을 비추라고 해 봤자…….

'아니, 잠깐!'

그때 머릿속에 퍼뜩 떠올랐다.

바로 반지를 살펴볼 때 본, 반지에 박힌 보석 뒤쪽에 바늘구멍처럼 작은 홈이 말이다.

'어쩌면…….'

이에 태영은 바로 가방에서 태블릿을 꺼내 들었다.

그리고 플래시 기능을 ON!

태블릿이 뿜어내는 빛으로 반지 안쪽의 홈 부분을 비췄을 때였다.

화악-!

보석이 붉게 달아오르며 빛을 뿜어냈다.

바늘구멍처럼 작은 홈으로 들어온 빛을 수십 배로 증폭시키듯이 방 전체로 퍼져 나갔다.

그 빛은 정밀하게 세공된 보석의 단면을 따라 옅은 음영으로 나뉘어 있었다.

단지 그뿐이었다.

그러나 반지를 움직이는 태영을 따라 움직이는 사이, 마치 초점이 맞춰지듯 그 중심에 여러 개의 음영이 겹쳐지더니 곧 또렷한 문자가 떠올랐다.

바로…….

⁂

– 호오, 그 반지의 보석에 이런 장치가 되어 있었던 건가? 아니, 보석의 단면이 굴절시키는 빛을 이용하는 방식이니 장치라고 말하기는 뭐하지만 어쨌든…….

그리모어가 흥미로운 목소리로 중얼거렸다.

– 저게 뭐지?

물론 딱 거기까지였다.

그리고 그건 태영도 마찬가지였다.

ρßœ°ŧŦŒ' ŦL·ð°ŦL·ß'

태영도 이런 걸 읽는 재주까지는 없었기 때문이다.

그러나 걱정할 일은 아니었다.

"신대 문자군요. 그것도 디스바로스의 세계에서 본 것과 같은, 특수 계층이 제례용으로 사용하던 문자입니다."

지금 태영의 옆에는 그런 특수한 문자도 척척 읽어 내는 사람이 있으니까.

"무슨 내용이지?"

"내용이기라기보다는……."

"숫자네. 순서대로 읽으면 126, 59, 37, 34가 되지. 신대의 숫자는 상황에 따라 표기법이 약간씩 다르지만, 별다른 표식이 붙어 있지 않으니 그렇게 해석하는 게 맞을 거네."

그것도 두 명이나 있었다.

–그게 뭔데?

그러니 걱정해야 할 건 이쪽이다.

읽을 수 있다는 게 뭘 가리키는지까지 안다는 의미는 아니기 때문이다.

이를 증명하듯이 그런 문자를 척척 읽어 내는 두 사람도 꽤 난감한 표정을 떠올리기 시작했다.

"반지에 숨겨진 단서를 찾아낸다고 일사천리로 해결되리라는 기대까지는 안 했지만, 그냥 저런 숫자뿐이라니, 대체 어디서부터 어떤 방식으로 생각해 봐야 할지 감조차 안 잡히는군."

"그래도 일단 저 숫자가 다보스의 추가 있는 곳을 가리킨다는 건 분명하겠죠. 숫자와 관련된 지명이 있다거나."

"저렇게 긴 숫자를 말인가?"

"물론 저대로 사용하지는 않겠죠. 하지만 저 숫자에도 반지에 관한 내용을 풀 때와 같은 애너그램의 수식을 적용하면 줄일 수 있지 않겠습니까?"

"글쎄? 시도는 해 볼 수 있겠지. 하지만 설사 정말 자네 말대로라고 해도 신대 시대의 지명일 터. 나도 그렇지만, 자네도 신대 시대의 지명을 모두 알지는 못할 거 아닌가?"

"그렇기는 합니다만……."

자연스럽게 카자드와 도노반은 다시 토론 모드로 돌입했다.

그러나 태영은 이번에도 동참하지 못했다.

이전처럼 뭔 소리를 하는지 알아들을 수도 없는 말로 토론하고 있어서는 아니었다. 아니, 그것도 처음뿐이고 점차 알아듣지도 못할 외계어처럼 변해 가고 있었지만 어쨌든.

'방금 그 숫자는…….'

연합군 막사에서 카자드가 '다보스의 추'라는 이름을 꺼냈을 때처럼 익숙하게 들렸기 때문이다.

다른 점이 있다면 하나.

그때는 그게 어디서 들어 본 말인지 생각해 내는 데 꽤 오랜 시간이 걸렸지만, 이번에는 그 이유를 바로 알 수 있었다.

"도노반 님, 하나만 대답해 주시지 않겠습니까?"

"응? 뭔가?"

"방금 저 숫자를 읽을 때 말입니다. 저 문자에 반복해서 찍혀 있는 기호, "과 "까지 포함해야 도노반 님이 말했던 숫자로 변환되는 겁니까?"

"그건 포함되지 않은 거네. 그 때문에 더 혼란스러운 거지. 앞서 말했듯이 신대 문자는 같은 글자라도 상황에 따라 다르게 해석될 수 있으니까. 따라서 자네가 말한 기호까지 포함해 해석하면 다른 숫자, 혹은 아예 숫자가 아닐지도 모르지만, 나나 이쪽의 대단하신 마법사도 그런 기호는 본 적이 없어서 말이네."

그리고 도노반의 대답으로 확신할 수 있었다.

"……알 것 같습니다."

"뭘 말인가?"

"저 숫자가 가리키는 곳이 어디인지 말입니다."

"뭐? 그, 그게 정말인가? 대체 어떻게? 저 숫자를 어떻게 바꿔야 그런 답이 나온다는 말인가?"

도노반이 혼란스러운 표정으로 되물었다.

"아니, 그 숫자를 그대로 대입하면 됩니다. 세계를 나누는 좌표에 말입니다."

그리고 이어지는 태영의 대답에 더 혼란스러운 표정이 되었다.

"세계를 나누는 좌표? 대체 무슨 말을 하는 건지……."

"그 부분은 설명하기 힘듭니다."

"설명할 필요 없습니다."

그때 카자드가 끼어들었다.

"도노반 님은 어떨지 몰라도 지금 제게 필요한 건 결과,

1분 1초라도 빨리 다보스의 추를 찾아내는 겁니다. 그리고 지금 여기서 그나마 뭔가라도 알아낸 건 공왕님뿐이죠."

–그나마?

태영도 그 부분이 살짝 거슬렸지만 어쨌든.

"의견이 갈린다면 모를까, 하나밖에 없다면 굳이 그런 결론이 나오기까지의 과정까지 따져 가며 논쟁을 벌일 이유는 없겠죠. 그게 정답인지 아닌지 직접 가서 확인해 보면 알 수 있을 테니까. 어디입니까?"

"제국 서부, 카잘 왕국에 있는 마경의 숲이다."

–뭐? 거기는…….

태영의 대답에 그리모어가 놀란 목소리로 중얼거렸다.

태영도 그 장소를 떠올렸을 때 같은 기분이었다.

마경의 숲은 그리모어가 있던 곳이자 그동안 태영이 겪은 모든 일이 시작된 곳이니까.

도노반이 말한 숫자를 듣고 그곳을 떠올린 것도 같은 이유지만.

"마경의 숲이라면……."

"넉넉잡아도 1시간이 도착할 수 있는 거리군요."

"하, 1시간? 설마 거기까지 텔레포트를 사용해서 가겠다는 건가? 말도 안 돼! 여기서 마경의 숲까지는 못해도 텔레포트를 수십 번 이상 사용해야 이동할 수 있는 거리야! 자네가 아무리 제국 최강의 마법사라도 1시간 만에 그렇게 연속적으로…….”

“못할 것도 없죠.”

카자드가 딱 잘라 대답하자 침을 튀기며 떠들던 도노반이 당황한 얼굴로 입을 다물었다.

그리고 다시 태영을 돌아보며 떠듬거렸다.

“아니, 하지만…… 그, 그럼 설마 자네도 그런…….”

“물론 저는 못 하죠.”

태영이 쓴웃음을 지으며 대답해 주었다.

“저 마법사도 굳이 그럴 필요는 없고 말입니다. 이곳에 올 때 타고 온 비행선을 타고 가는 게 더 편할 테니까. 뭐 정확히는 공중 전함이라고 해야겠지만.”

“고, 공중 전함? 서, 설마 신대 시대에 만들어졌다는 파이널 포트리스를 말하는 건 아니겠지?”

“그런 이름이라고 들었습니다.”

“뭐…….”

그러나 이어지는 말에 도노반은 더 당황한 얼굴이 되었다.

그리고 불편한 기색을 드러내기 시작하는 카자드를 바라보고, 다시 태영을 돌아보다가 벌떡 일어나 외투를 집어 들었다.

“가, 같이 가세! 그래도 되겠지?”

“괜찮을 겁니다. 이미 꽤 타고 있지만, 아직 자리도 넉넉하고 정말 다보스의 추를 거기서 찾아내든 아니든 도노반 님의 지식이 필요한 일이 생길지도 모르니까요."

도노반에게 하는 말은 아니다.

"……가시죠."

못마땅한 얼굴로 바라보다 몸을 돌리는 카자드에게 한 말이다.

이에 태영은 들뜬 얼굴의 도노반과 함께 카자드를 따라 집 밖으로, 문이나 창문에 붙어서 기웃대는 마을 사람들을 지나 다시 공중 전함에 승선했다.

쿠쿠쿠쿠—!

그리고 부상과 함께 서쪽으로 방향으로 잡고 발진!

"우하하하! 난다! 날아! 진짜 날고 있다고! 큭! 내가 진짜 신대의 유물을, 그것도 파이널 포트리스를 타고 대륙을 가로지르는 날이 오게 될 줄은…… 살아 있기를 잘했어!"

도노반은 내내 감격에 겨운 얼굴로 떠들었다.

도노반이 그런 얼굴로 떠들어 대는 공중 전함을 조종하는 사람이 어쩌면 과거 그를 수없이 살해한 범인일지도 모른다고 생각하는 태영 입장에서는 이래저래 복잡한 장면이었다.

—뭐랄까…… 설마 주인이 똥파리 시절에 손에 넣은 그 반지가 카자드 녀석이 최후의 수단이라고 말하는 신대 시대의 유물을 찾는 열쇠였다니, 우연치고는 정말이지…… 아니, 이 정도쯤 되면 운명이라고 해야겠군.

그리고 이 부분도 막상 생각해 보면 꽤 복잡한 기분이

들지만 어쨌든.

—……왜 그러지?

그리모어가 일부러 이렇게 물을 정도로 심경이 복잡한 이유는 그런 것 때문이 아니었다.

그 공중 전함이 향하는 목적지 때문이다.

'126, 59, 37, 34…….'

태영이 이 숫자를 기억하고 있는 건 우연이 아니다.

수없이 찾아봐서다.

회귀가 시작될 때부터, 혹시 그게 위치와 관련이 있을지도 모른다고 해서.

처음 도노반이 숫자를 말할 때 빼 놓았던 기호를 붙이면 126°59′, 37°34′가 되는, 태영이 살던 반지하 방의 경도와 위도를 말이다.

'현대와 이계가 뒤섞인 지금도 내가 이계에 있을 때와 위치가 바뀌지 않았어. 이계에도 현대의 경도와 위도를 그대로 적용할 수 있다는 말이다. 그리고 신대 역시 이계에 존재하던 세계니 그 숫자가 정말 경도와 위도라면 제대로 찾은 것이겠지만…….'

생각을 이어 가던 태영은 곧 머리를 흔들었다.

'아직 확실한 건 없어. 그게 우연히 숫자가 맞아떨어진 것이든 아니든 일단 확인해 보는 게 먼저다!'

오래 기다려야 할 일도 아니었다.

대기를 가르며 날아간 공중 전함은 카자드의 말처럼 1시간, 생각에 잠겨 있던 태영에게는 훨씬 더 짧게 느껴지는 사이에 도착했다.

"호오, 이게 세상을 그렇게 떠들썩하게 만든 이계의 사람들이 살던 집인가?"

공중 전함에서 내린 도노반이 둘러보는 동경 126도 59분, 북위 37도 34분에 위치한, 한때 태영의 자취방이었던 폐허에 말이다.

"하지만 신대의 유적처럼 보이는 건물은 없군. 정말 이 위치가 맞는 건가?"

"네."

"흠…… 하긴, 신대의 유적이 공공연히 드러나 있었으면 어떤 식으로든 진측에 알려졌겠지. 그럼 지하에 숨겨져 있을지도 모르지만…… 무턱대고 여기저기 파 대며 돌아다닐 수도 없고……."

"그럴 필요 없습니다."

이어지는 도노반의 말에 태영과 카자드가 동시에 대답했다.

이미 확인이 끝났기 때문이다.

카자드는 어떤 방법을 사용했는지 모르겠지만, 태영은 그곳에 발을 내딛는 순간 발아래로 '라이트 웹'을 방출!

수 미터 지하에 지름이 100여 미터에 달하는 거대한 원형 물체가 파묻혀 있음을 파악했다.

"물러나십시오."

그리고 카자드가 다시 도노반 앞으로 한 걸음 내디디며 말했을 때였다.

위이이잉—!

그 발아래에서 마법진이 떠올랐고, 마치 잔상을 남기며 뻗어 나가듯이 그 앞으로 십여 개의 마법진이 연이어 떠올랐다.

"체, 체인 마법? 무슨 이런 속도로 고위 술식을……."

"그라운드 스플릿!"

콰콰콰콰—!

그리고 뒤이은 카자드의 목소리와 함께 일제히 폭발!

거대한 흙기둥을 뿜어 올리며 수십 미터에 달하는 지면을 갈라놓았다.

그러자 벌어진 흙더미 사이로 검은 금속이 보이기 시작했고…….

"그라운드 스플릿!"

"헉! 연발?"

콰콰콰콰—!

같은 발파 작업이 한 번 더 진행되자 움푹 파여 들어간 흙더미 위로 '라이트 웹'에 잡혔던 거대한 금속 구체가 3분의 1 이상 드러났다.

"아직 입구 같은 건 보이지 않는군. 그렇다고 이 구체 자체가 유물인 건 아닐 테고…… 좀 더 파 봐야 하나? 어이, 카자드 경, 더 할 수 있겠나?"

"공왕님이 그렇게 옆집 개를 부르듯이 말하지만 않으면 몇 번이라도 더 할 수 있죠."

"아니, 기다리게. 저기에……."

그때 도노반이 태영과 카자드 사이를 지나 구체로 다가갔다.

그리고 손으로 표면의 흙을 털어 내며 중얼거렸다.

"이렇게 매끈한 구체에 흙이 이렇게 덩어리져서 붙어 있다면 뭔가 있다는 말이지. 예를 들면…… 그래, 이런 홈 같은 거 말이야. 어떤가? 자네가 가진 것 중에 이 홈에 딱 맞을 만한 게 있는 것 같지 않나?"

"……반지군요."

"그 반지가 다보스의 추를 찾는 열쇠라는 건 비유가 아니었다는 말이지."

그 말대로였다.

딸칵. 쿠쿵! 쿠쿠쿠쿠―!

태영이 반지를 끼우자 구체 내부에서 한차례 굉음이 울리더니 진동을 일으키며 한쪽 면이 갈라지며 입구가 만들어졌다.

"흠, 발굴 작업부터 입구를 여는 것까지, 너무 일사천리로 진행되니 되레 찜찜하군. 하지만 불평할 일은 아니지. 제대로 열쇠로 문을 열고 들어가는 것이니 함정 따위를 걱정할 필요도 없을 것 같고. 뭐 있어도 자네들에게는 잘해야 문턱 정도밖에 안 되겠지. 한 명은 제국 최강 마법사에 다른 한 명은 아예 왕국을 하나 세워 버린 사람이니까. 하아, 막상 말해 놓고 보니 참 황당한 인간들과 동행하고 있다 싶지만…… 뭐 됐고. 어여 앞장서게."

그리고 도노반의 말에 태영과 카자드는 유물이라고 불러야 할지 유적이라고 불러야 할지 모를 구체 내부로 진입.

복잡한 기계로 뒤덮인 복도를 따라 20여 미터 정도 들어갔을 때였다.

"다 왔습니다."

카자드가 걸음을 멈추며 중얼거렸다.

그 앞에는 꽤 넓은 원형 공간이 펼쳐져 있었다.

그리고 그 중심, 톱니바퀴 따위가 뒤엉켜 있는 물체가 자리 잡고 있었다.

"그럼 저게……."

"다보스의 추입니다."

카자드가 고개를 끄덕이며 대답했다.

그러나 그 목소리에서도, 또 물체를 바라보는 얼굴에서도 마침내 원하던 것을 찾아냈다는 흥분이나 기쁨의 감정 따위는 느껴지지 않았다.

되레 이곳을 찾아올 때보다 더 복잡한 감정이 얽혀 있는 얼굴이었다.

뭐 카자드가 펄쩍 뛰며 환호성을 터뜨리는 장면은 상상하기 힘드니 어떤 의미로는 그게 정상이라고 할 수도 있었지만 어쨌든.

잠시 주위를 둘러보던 카자드가 다시 천천히 그 물체로 다가갔고, 태영의 관심도 그를 따라 자연스럽게 그 물체로 옮겨졌다.

-……묘하군.

딱 그런 느낌이었다.

형태만으로는 용도조차 짐작하기 힘든 모양새였다.

아니, 형태조차 정확히 알 수 없었다.

일단 처음 봤을 때는 원형 물체라고 생각했는데, 조금만 각도를 바꿔 보면 육각형이나 사각형, 심지어 삼각형으로도 보였다.

"착시인지 뭔지는 모르겠지만, 이게 어떤 식으로 작동하는 병기인지 짐작도 안 되는군."

태영이 미간을 좁히며 중얼거렸다.

그러자 옆에서 두리번대던 도노반이 고개를 갸우뚱대며 되물었다.

"응? 뭐?"

"어떤 식으로 작동할지 모르겠다고요."

“아니, 그사이에 들어간 말 말이네. 방금 병기라고 했던 것 같은데, 혹시 자네는 저게 무기라고 생각하고 있던 건가?”
“네, 그렇게 들었습니다만…….”
“들었다고? 누구에게 말인가?”
“카자드 경입니다. 다보스의 추에 대해 처음 말을 꺼낸 사람도 카자드 경이고 말입니다.”
“카자드 경?”
이어지는 대답에 도노반이 놀란 얼굴로 되물었다.
“그럴 리가 없는데…….”
그리고 의아한 목소리로 중얼거릴 때였다.
“안 돼! 이럴 수는 없어!”
물체를 살펴보던 카자드가 갑자기 격앙된 목소리로 소리쳤다.
“뭐야? 갑자기 왜 그래?”
갑작스러운 카자드의 반응에 태영이 퍼뜩 고개를 돌리며 소리쳤다.
그러나 대답은 들려오지 않았다.
태영과 도노반이 뛰어올 때까지도 그저 굳은 듯이 서 있을 뿐이었다.
그와 싸웠던 태영도 본 적이 없는, 아니 상상조차 할 수 없었던 절망적인 표정으로, 물체 아래에 놓인 유리관을 바라보며 말이다.

"어이, 카자드, 묻고 있잖아! 그 표정은 뭐고, 방금 한 말은 또 뭐야? 이럴 수는 없다니?"

"……다 틀렸다는 말입니다."

"틀려? 뭐가?"

"그건 나도 묻고 싶군."

그때 도노반이 태영의 뒤로 다가오며 말했다.

그리고 슬쩍 카자드가 바라보는 유리관을 훑어보며 말을 이었다.

"구조로 보면 아마 저게 에너지 관인 모양이군."

"에너지 관? 하지만……."

"그래, 비어 있지."

"에너지 관이 비어 있다면…… 사용하지 못한다는 말입니까?"

"내가 묻고 싶은 것도 그거네. 자네들이 다보스의 추를 찾은 건 사용하기 위해서였다는 말인가? 자네들은, 아니 적어도 카자드 자네는 이게 얼마나 위험한 유물인지 모르지는 않을 텐데?"

"물론 알고 있습니다, 그래서 찾은 거고."

"그래서라니……."

카자드의 대답에 도노반이 황당한 표정으로 중얼거렸다.

그러나 카자드는 더는 대답하지 않았다.

이에 결국 태영이 한숨을 불어 내며 끼어들었다.

"그런 위험한 유물이라도 사용해야 할 정도로 위급한 상황이라는 말입니다. 열흘 안에 대책을 마련하지 못하면 이 세상이 멸망할 정도로."

"뭐?"

"이 세계의 뒤에서는 오래전부터 세컨드 보이스라는 조직이 암약해 오고 있었습니다. 놈들의 목적은 하나, 사도라는 존재를 불러내 이 세계를 파멸로 몰고 가는 것이죠. 놈들이 왜 그런 짓을 하는지는 모릅니다. 하지만 놈들이 불러내려는 사도라는 존재가 이 세계를 파멸로 몰고 갈 힘이 있다는 것만큼은 분명하죠."

"파, 파멸이라니……."

"저와 카자드 경은 놈들을 막아 보려고 했지만, 실패했습니다. 이제 놈들의 계획은 본격적으로 시작됐고, 그 과정이 끝나는 것과 동시에 이 세계도 끝나게 될 겁니다. 그때까지 남은 시간은 열흘, 아니 이제 아흐레밖에 남지 않았습니다. 저게 얼마나 위험한 유물인지를 따질 상황이 아니라는 말이죠."

"그, 그런……."

당황한 얼굴로 떠듬대던 도노반이 입을 다물었다.

그리고 잔뜩 미간을 찌푸리고 생각에 잠겼다가 슬쩍 태영과 카자드를 돌아보며 중얼거렸다.

"……농담이 아닌 모양이군."

"물론입니다."

"솔직히 믿어지지 않지만…… 다른 사람도 아닌 일국의 공왕과 제국 최강의 마법사가 하는 말이라면 믿는 수밖에 없겠지. 그리고…… 인제 와서 말해 봐야 의미도 없지만, 다보스의 추라면 자네가 말한 상황을 벗어날 수 있었을지도 모르지. 하지만 근본적인 문제를 해결할 수는 없어."

"네? 그게 무슨……."

"역시 자네는 모르는 모양이군. 하지만 자네라면 그게 무슨 의미인지 모르지 않겠지. 일부러 숨긴 건가?"

태영의 물음에 도노반이 미간을 찌푸리며 카자드를 돌아보았다.

"안다고 달라질 게 있습니까?"

"없겠지. 같은 의미로 다보스의 추를 사용할 수 있었어도 마찬가지였을 테고 말이야. 결국, 같은 일이 되풀이될 뿐이었을 테니까."

"그렇게 놔두지 않기 위해 찾아왔던 겁니다."

카자드도 미간을 찌푸리며 날카로운 목소리로 쏘아붙이듯 말했다.

그러나 도노반의 얼굴에는 비웃음이 떠올랐다.

"정말 다보스의 추가 어떤 건지 안다면 그런 말을 할 수는 없을 텐데? 다보스의 추는 지금의 자네를 그곳으로 보내는 게 아니야. 그곳에 있게 되는 건 그때의 자네네. 그 세컨드 보이스라는 놈들의 존재조차 모르던……."

“알고 있었습니다.”

카자드가 입술을 잘근대며 말했다.

“그때도, 아니 그 전부터 알고 있었습니다.”

“……그래도 마찬가지지. 다보스의 추는 결과를 바꿀 수 있는 유물이 아니야. 말했듯이 그저 되풀이할 뿐인 유물이지. 그래서…….”

“잠깐! 잠깐만요!”

그때 태영이 둘 사이에 끼어들며 소리쳤다.

“지금 그게 다 무슨 말입니까? 되풀이된다니요? 뭐가 말입니까?”

“말 그대로네.”

도노반이 태영을 돌아보며 대답했다.

“자네가 뭘 상상하고 있었는지는 모르겠지만, 다보스의 추는 병기 같은 게 아니야. 시간을 되돌리는 장치네.”

“시, 시간을 되돌린다고요? 그런 게…….”

“가능하지. 아니, 아마 가능할 거네. 전승되는 말이 사실이라면 말이야.”

“실제로 사용된 적이 있다는 말입니까?”

“아니, 없네.”

도노반이 씁쓸한 얼굴로 고개를 저었다.

“단지 사용하려고 한 적이 있을 뿐이네. 끝없이 이어진 내전으로 신대 시대의 멸망이 눈에 보이던 시기에 말이야.

하지만 결국 사용되지 않았지. 내가 말한 것처럼 설사 다보스의 추를 사용해도 이미 정해진 역사를 바꿀 수는 없다는 것을 깨달았기 때문이네. 다보스의 추에 저장된 에너지가 줄어 있는 걸 보고 말이야. 사용된 적이 있다는 말이지."

"아니, 하지만……."

"그래, 사용된 적이 없다는 건 그때, 다보스의 추를 사용하기 위해 찾아갔던 누군가는 그렇게 알고 있었다는 말이네."

"그럼 실제로는 그가 이미 과거에 다보스의 추를 사용했다는 말입니까?"

"그건 모르지. 그게 다보스의 추가 결국 사용되지 못한 이유이기도 하고 말이야. 다보스의 추는 사용자를 과거로 보내주는 게 아니네. 말 그대로 시간을 되돌리는 거고, 말했듯이 그건 아무런 의미가 없는 일이지. 과거의 내가 실수를 저지른 데는 그만한 이유가 있을 거고, 그때의 나로 돌아가도 같은 선택을 할 테니까."

도노반이 한숨 섞인 목소리로 대답했다.

"결국, 같은 실패를 반복할 뿐이라는 말이네. 그게 다보스의 추가 봉인된 이유고 말이야."

태영은 의식이 아득해졌다.

"물론 그것도 당시 줄어든 에너지를 본 사람의 생각일 뿐, 진실은 누구도 모르네. 구전에는 그때 다보스의 추가 봉인되었다고 하지만, 그 역시 사실인지 아닌지조차 모르네. 확인할 방법도 없지. 봉인될 당시 수십 번이라도 사용할 수 있는 양이 저장되어 있었다는 에너지가 사라진 이유도 말이야."

도노반의 말과 달리 태영은 알아 버렸기 때문이다.

그 에너지가 사라진 이유를 말이다.

'되풀이된다…….'

그게 뭘 의미하는지 태영만큼 잘 아는 사람은 없다.

실제로 수없이 회귀를 되풀이해 왔으니까.

물론 그렇다고 방금 도노반이 말한 것처럼 항상 같은 곳에서 같은 일을 되풀이해 왔던 건 아니다. 또 주변에서도 항상 같은 일이 일어난 것도 아니었다.

그러나 그건 어디까지나 태영이 과거의 일을 기억하고 있어서였고, 주변 상황 역시 그런 태영의 영향을 받는 범위 내에서만 달라졌을 뿐이다.

그 범위를 이제 전체로 넓히면 결국 도노반의 말처럼 같은 일이 되풀이돼 왔다.

아니, 되풀이돼 왔을 것이다.

태영이 며칠도 버티지 못하고 죽어 나간 회귀 초기에도, 그럭저럭 버티다 죽었을 때도, 또 결국 마인이 등장할 때까지 버티다 죽었을 때도.

결국, 이 세계는 지금처럼 마인의 존재 탓에 멸망의 위기에 처했을 것이다.

그리고 그때마다 이곳을 찾아왔을 것이다.

"아니야! 나라면……."

"답답하군. 아직 내 말을 이해하지 못한 건가? 아니, 자네 정도 되는 마법사가 그럴 리는 없지. 당연히 알고 있었겠지. 다보스의 추가 어떤 건지, 또 그게 얼마나 의미 없는 짓인지도. 저 친구에게 다보스의 추가 병기라고 말한 것도 그래서였을 거고."

"닥쳐! 네가 나에 대해 뭘 안다는 거냐? 설사 아무것도 기억하지 못해도 나라면…… 다시 그때로 돌아갈 수 있다면……."

아직도 미련을 버리지 못하는 눈으로 텅 빈 유리관을 바라보는 카자드가 말이다.

그리고…….

'내가 왜 기억이 남은 상태로 과거로 회귀할 수 있었는지는 모른다. 이번에는 왜 나 혼자가 아닌, 세계 전체가 이계와 합쳐지게 됐는지도 모른다. 하지만 저 다보스의 추가 정말 시간을 되돌릴 수 있는 장치라면! 그게 다른 세계지만, 우연히 다보스의 추와 겹치는 좌표에 있던 내게 영향을 미친 것이라면!'

그때부터 시작됐다는 말이다.

저주와도 같은 태영의 회귀가, 카자드가 다보스의 추를 작동시킬 때마다.

그리고 거기까지 생각하는 순간!

"너!"

태영이 와락 카자드의 멱살을 움켜쥐며 소리쳤다.

"자, 자네, 왜 그러나?"

"도노반 님은 물러나 계십시오!"

태영이 화들짝 놀라는 도노반을 돌아보며 소리쳤다.

-주, 주인, 갑자기 왜…….

그 눈에는, 아니 몸 전체에서는 그리모어마저 당혹성을 터뜨릴 정도의 살기가 뿜어져 올라오고 있었다.

이에 도노반도 사색이 되어 물러났지만, 곧 고개를 저으며 다시 한 걸음 다가왔다.

"그만하게! 자네를 속인 것 때문에 화가 난 건 알겠지만, 카자드 경도 나쁜 의도로 그런 게 아니지 않나?"

"그런 게 아닙니다! 이놈은…… 이놈 때문에……."

"내가 모르는 다른 사정이 있어도 마찬가지네. 자네도 말했지 않나? 이대로 두면 이 세계는 열흘, 아니 아흐레 뒤에 멸망할 거라고 말이야."

"그런 건……."

"빌어먹을! 정말 울화통을 터뜨려야 할 사람은 나야! 갑자기 곧 세계가 멸망할 거라니? 대체 나보고 뭘 어쩌라는 거야? 난 헌터, 아니 그마저도 관두고 방구석에서 글이나 끼적이던 늙은이에 불과하다고! 하지만 자네들은 다르지 않나? 뭐라도 해 볼 수는 있을 거 아니야! 아니, 해야 하잖아! 적어도 자네들이 일국의 공왕과 제국 최강의 마법사라면! 그렇게 멱살이나 잡고 소리를 질러 대는 것 말고 말이야!"

–주인, 나도…….

"그만!"

펑! 콰콰콰콰–!

태영의 고함과 함께 폭발이 일어났다.

"크! 지금 뭐 하자는……."

그 폭발에 떠밀려 반대쪽 벽을 들이받은 카자드가 당혹감에 물든 얼굴을 들어 올렸다.

그 앞에서 태영이 싸늘한 목소리로 말했다.

"뭔가 하고 싶으면 해라. 그게 내가 참지 않아도 되는 이유가 돼 줄 테니까."

영역 너머

"뭐……."

카자드의 볼이 실룩거렸다.

그 얼굴에는 느리지만, 선명한 분노의 감정에 떠오르기 시작했다.

그리고 다시 입을 열려 할 때였다.

도노반이 둘 사이로 태클을 하듯이 뛰어 들어오며 떠들었다.

"뭐긴 뭐야? 꼭 일일이 다 말해 줘야 알아들어? 이 정도로 넘어가 주겠다는 말이잖아! 얼른 일어나서 고맙다고 해!"

"무슨 말을……."

"그렇잖아! 자네도 느닷없이 멱살을 잡히고 패대기까지 쳐졌으니 기분이 좋지는 않겠지만, 저 친구는 일국의 공왕이라고! 설사 그게 나쁜 의도는 아니었다고 해도 자네는 일국의 공왕을 속인 거라고! 그것만으로도 엄청난 중죄야! 참수형을 당해도 할 말이 없는 일이라고! 그걸 그렇게 성질 한번 부리고 넘어가 주겠다면 감지덕지해야 할 일이 아니야!"

-……듣고 보니 그렇군.

도노반의 열변에 그리모어가 수긍하는 목소리로 중얼거렸다.

그러나 태영은 아니었다.

"자네도 자네야. 물론 나도 다보스의 추를 사용하려던 행동을 비난하듯이 말해 온 건 사실이지만, 그게 저 친구가 나나 자네보다 생각이 짧아서 그런 건 아니라고 생각하네. 아니, 그건 되레 나보다 자네가 더 잘 알고 있겠지. 자네는 저 친구와 함께 지금까지 그 세컨드 보이스인지 뭔지 하는 망종들을 막기 위해 애써 왔을 테니까. 그럼 동참까지는 아니라도 저 친구가 그런 방법까지 쓰려고 했던 심정을 이해 정도는 해 줄 수 있지 않나?"

언제 터질지 모를 폭탄 같은 얼굴의 카자드를 의식해서인지 도노반이 바로 태영을 돌아보며 이런 떠들어 대서는 아니었다.

애초에 태영의 감정이 격앙된 건 그런 쪼잔한 이유가 아니기 때문이다.

거기서 멈춘 이유도 같은 이유다.

'아직 모든 의문이 해명된 건 아니지만…….'

그동안 태영을 그 끔찍한 회귀를 반복하게 만든 건 바로 놈이 카자드!

그 결론에는 한 치의 의심도 들지 않았다.

그러나 그와 동시에 알게 되었다.

카자드도 좋아서 그런 선택을 하게 된 게 아니라는 걸 말이다.

강요당한 것이다. 세컨드 보이스, 아니 놈들이 불러낸 사도라는 존재에게 말이다.

태영이 경험해 온 절망만큼, 아니 횟수는 같을지 몰라도 절망의 깊이는 카자드가 더하면 더했지 덜하지 않았을 것이다.

자신의 손으로 직접 그런 선택을 해야 할 정도로.

뭐 그래도 회귀할 때마다 그런 기억조차 말끔히 사라졌으니 태영과 비교할 바는 아니라고 생각하지만 어쨌든, 분명한 건 그 역시 피해자라는 사실이다.

"자, 자, 그러니 이제 비겼다고 치고, 나처럼 평범한 늙은이를 부담스럽게 만드는 그 흉흉한 기운은 그만 집어넣어! 사내답게 악수 한번 하고 탁 털어 버리고 이제부터 뭘 해야 할지나 생각해 보자고!"

물론 그렇다고 악수까지 할 생각은 없었다.

이대로 털어 버릴 생각도 없었다.

"카자드, 일단 하나만 말해 두지. 내가 화가 난 이유는 단순히 나를 속였기 때문이 아니다. 그와는 전혀 다른 이유다."

"다른 이유?"

"그래, 다보스의 추에 대한 건 넘어가도 그쪽은 아니다. 어떤 방식으로든 대가를 치르게 해 주겠다. 단, 그 마더라는 놈을 해치운 뒤에."

태영이 몸을 돌리며 말했다.

이에 카자드는, 뭔 소리인지 모를 테니 당연히 의아한 표정을 떠올렸지만, 이내 옷에 묻은 먼지를 툭툭 털며 고개를 끄덕였다.

"그런 제안이라면 받아들이죠. 나 역시 이대로……."

"자! 그만! 거기까지!"

그때 도노반이 카자드의 말을 끊으며 말했다.

"언제까지 계속 같은 말이나 하고 있을 생각이야? 시간이 없다고 말한 건 자네들이잖아! 솔직히 말로만 들은 나로서는 현실감이 느껴지지 않지만, 이제 그 사도라는 놈들이 떼지어 몰려와 세계를 멸망시킬 때까지는 이제 아흐레밖에 남지 않았다면서? 설마 저딴 기계를 사용하지 못하게 됐다고 포기할 생각은 아니겠지?"

"저는 아닙니다."

태영이 단호한 목소리로 대답하며 슬쩍 카자드를 돌아보았다. 그러자 카자드도 한숨을 불어내며 끄덕였다.

"물론 저도 아닙니다."

"그럼 쓸데없는 말 따위는 그만두고 머리를 맞대고 고민을 해 보자고! 낭비할 시간 없어! 아흐레 따위는 순식간이라고!"

이에 도노반의 말처럼, 뭐 그렇다고 진짜 머리를 맞대는 짓은 하지 않았지만 어쨌든, 각자의 자리에 앉아 생각에 빠져들었다.

"……."

그러나 그런 게 의욕이 있다고 되는 일은 아닌지라 30여 분 가까이 침묵만 이어질 뿐이었다.

이에 다시 태영의 입에서 몇 번째인지도 모를 한숨이 흘러나올 때였다.

"하는 수 없죠."

카자드가 몸을 일으키며 말했다.

"파이널 포트리스를 타고 뒤져 보는 수밖에 없겠군요."

"그건 가망이 없다고 하지 않았나?"

"그 생각은 지금도 같습니다. 하지만 적어도 여기 앉아서 나오지도 않을 답을 고민하는 것보다는 그쪽이 조금이라도 확률이 높겠죠. 물론 숫자가 늘어나면 더 높아질 테고 말입니다."

"다른 공중 전함이 또 있다는 말인가?"

"아니, 제가 아는 바로는 우리 쪽 세계에서 하늘을 날 수 있는 건 파이널 포트리스뿐입니다. 하지만 하쿠인에게 대격변 이전의 이계에는 하늘을 나는 기계가 꽤 많았다고 들었습니다. 또 서방 대륙으로 갔던 병사들이 직접 본 것도 있다고 들었고 말입니다."

"헬기 말이군."

정확히는 태영도 대격변 이후로는 그때 처음 보고, 미스트, 워트와 함께 사이좋게 한 대씩 추락시켜 전멸시킨 헬기다.

"그래도 아직 날 수 있는 비행선이 있다는 건……."

물론 없다고 단언할 수는 없다.

또 한 대라도 찾으면, 특히 그게 전투기처럼 고성능 레이더가 달린 비행기라면 수색 범위도 상당히 넓어질 테고 말이다.

그러나 대격변 때 가장 먼저 작동을 멈춘 게 바로 그런 고성능 기기였다.

마치 EMP가 휩쓸고 지나간 것처럼 말이다.

물론 남양주처럼 영향을 느리게 받은 곳도 있기는 하다.

그러니 지역에 따라서는 살아남은 것도 있을지도 모르지만, 태영이 대격변 이후 지금까지 곳곳을 돌아다니면서도 본 적이 없는 것을 14일 만에 찾아낼 수 있으리라는 생각은 들지 않았다.

"있다 해도……."

이에 한숨처럼 대답하던 태영이 움찔하며 미간을 좁혔다.

"아니, 있을지도 모르겠군. 대격변의 영향도 받지 않고, 또 1대만 찾아도 확실하게 놈들을 찾아낼 수 있는 게 말이야."

"뭡니까, 그게?"

"그건…… 아니, 이러고 있을 때가 아니야! 도노반 님, 카자드, 가자!"

"가, 가자니? 또 어디로 말인가?"

"발테아르입니다!"

"발테아르? 지금 거기는 왜……."

"자세한 건 일단 제가 생각한 게 실제로 가능한 일인지 확인부터 하고 말씀드리겠습니다! 카자드, 너도! 그런 표정 짓지 말고 빨리 와! 시간이 없어!"

태영이 밖으로 뛰어나가며 소리쳤다.

그리고 덩달아 뛰어오는 카자드, 도노반과 함께 다시 공중전함으로 귀환!

바로 발테아르를 향해 날아갔다.

"어어? 저, 저게 뭐야?"

"비행선이다! 하쿠인에게 들은 적이 있어! 이계에서는 하늘을 날아다니는 기계도 있었다고! 그중에는 산처럼 커다란 것도 있었다고 했어!"

"아니, 없어! 대체 어떤 놈이 그런 헛소리를 떠들고 다닌 거야? 꽤 큰 비행기도 있었던 건 사실이지만, 저만 건 현대에도 없었다고!"

"그럼 저건……."

"몰라! 그러니까 묻지 말고 얼른 왕성에 알려!"

그로부터 약 1시간, 공중 전함이 발테아르의 상공에 도착하자 그사이 좀 더 커진 도시만큼 좀 더 늘어난 사람들이 비명을 터뜨렸다.

"어? 저, 저 사람들은……."

"레온 님이다! 저 비행선에서 레온 님이 내리고 있어! 레온 님과 함께 갔던 족장님들도!"

"원정군이다! 원정군이 돌아왔어!"

그러나 착륙과 동시에 레온과 라르고, 하울, 일라, 다란을 시작으로 발테아르 병사들이 쏟아져 나오자 바로 환호성으로 바뀌었다.

그러나 태영은 그런 환호에 답해 줄 여유도 없었다.

"레온 님, 무사히 돌아오셨군요!"

"곽현경, 예지 씨, 지금 한 박사님은 어디 있지?"

"네? 요즘은 아예 공장에 차려 놓은 연구실에서 숙식하고 계시니 거기에 있을 겁니다. 그런데 왜 갑자기 오시자마자 한 박사님을……."

"설명할 시간이 없으니 지금 바로 한 박사님을…… 아니, 내가 간다! 넌 예지 씨와 함께 주변을 정리하고 그곳으로 와라!"

태영은 와글대며 몰려드는 주민들 틈을 비집고 나오는 곽현경과 박예지에게 소리쳤고, 그대로 카자드, 도노반과 함께 주민들 틈을 비집고 공장으로 향했다.

"어? 레온……."

"한 박사님, 확인해 줘야 할 게 있습니다!"

태영이 놀란 얼굴로 돌아보는 한지영을 향해 다짜고짜 소리쳤다.

"위성입니다."

"네? 위, 위성요? 위성이라면……."

"인공위성 말입니다. 대격변이 일어나기 전에 우리나라에서도 인공위성을 발사했던 적이 있지 않습니까? 아니, 어느 나라 것이든 상관없습니다. 한 박사님이 만든 통신기로 인공위성에 접속할 방법이 있습니까?"

"갑자기 그게 무슨……."

"먼저 대답부터 해 주십시오. 한 박사님이 안 된다면 저도 일찌감치 그쪽은 접고 다른 방법을 찾아봐야 하니까 말입니다. 그만큼 시급을 다투는 문제입니다."

황망한 얼굴로 되묻던 한지영이 이어지는 태영의 말, 정확히는 그 말에 어울리는 표정에 움찔하며 입을 다물었다.

그리고 잠시 미간을 좁히며 생각하다가 고개를 끄덕이며 대답했다.

"일단 결론부터 말하면 가능해요."

"정말입니까?"

"네, 현재 제가 만든 통신기의 무전 가능한 거리는 150킬로미터 전후지만, 그건 휴대가 가능한 크기로 만드느라 그런 거예요. 크기에 제한을 두지 않는다면 거리는 얼마든지 더 늘릴 수 있어요. 시간도 그리 많이 걸리지 않아요. 그동안 만들어 둔 통신기가 꽤 되니까, 그 통신기들을 조금만 손봐서 직렬로 연결하면 인공위성과 접속할 수 있는 출력을 만들어 낼 수 있을 거예요. 하지만…… 문제는 그다음이죠."

"그다음이라면……."

"일반적으로 인공위성이 가장 많이 사용되는 곳은 통신 중계예요. 그러니 통신기의 출력만 높이면 인공위성에 접속하는 건 가능하겠지만, 방금 말한 것처럼 통신 중계용으로 열려 있는 블록만이에요."

잠시 말을 끊은 한지영이 슬쩍 태영을 돌아보며 말을 이었다.

"하지만 단순히 통신 범위를 넓히고 싶어서 그런 걸 묻는 건 아니겠죠? 그런 거라면 인공위성 얘기를 꺼내기 전에 통신 거리를 넓힐 방법에 대해 먼저 물어봤을 테니까요. 아마 다른 기능을 염두에 두고 물어보는 말이겠죠. 하지만 방금 말한 통신 중계용 외에 다른 블록에 접속하려면 관리자 패스워드가 필요해요."

"패스워드……."

"그러니 확률은 50 대 50이에요."

어두운 얼굴로 중얼거리던 태영이 이어지는 말에 퍼뜩 고개를 들어 올렸다.

"혹시 해킹을 말하는 겁니까?"

"아니, 그건 무리예요. 사실 전 예전에 우주 항공 센터에서 근무했던 적이 있어요. 뭐 성격에 안 맞아서 1년 만에 그만두기는 했지만 어쨌든, 인공위성의 관리자 패스워드는 일정 주기마다 갱신되는 암호 생성기에 의해 만들어져요."

"그럼 어떻게……."

"방금 말했잖아요, 전 우주 항공 센터에서 일한 적이 있다고. 그 암호 생성기를 관리하는 곳이 어딘지 알고 있다는 말이에요. 그러니 가서 뜯어오면 되는 거죠."

"하지만 대격변 이후에 전자 기기는……."

"모두 망가졌죠. 하지만 암호 생성기는 만일의 사태에 대비해 대(對)EMP용 소재로 몇 겹이나 싸여 있고, 암호를 갱신할 때 외에는 완전 밀폐 된 금고에 보관되어 있어요. 일전에 레온 님이 말했잖아요. 밀폐된 곳에 있는 물건은 잘 부식되지 않는다고 말이에요. 물론 그렇다고 아직 정상적으로 작동한다고 할 수는 없죠. 그래서 50 대 50이라고 한 거예요."

"결국, 그 암호 생성기가 제대로 작동하느냐에 달려 있다는 말이군요. 그건 직접 찾아가서 확인해 보는 수밖에 없고 말입니다."
"그런 거죠."
"그럼 바로 출발하죠."
"네? 자금 바로요? 하지만 우주 항공 센터는 여기서……."
"거리는 상관없습니다. 따로 짐을 챙길 필요도 없습니다. 오래 걸리지도 않을 겁니다. 준비하고 있을 테니 성문 앞으로 나오십시오."
빠르게 다음 목적지를 결정한 태영은 바로 몸을 돌려 다시 공장 밖으로 나왔다.
—……뭔가 정신이 없군.
태영이 후다닥 뛰어 들어갔다가 후다닥 대화를 마치고 후다닥 다시 밖으로 나오자 그리모어가 중얼거렸다.
"어떤 상황인지는 알잖아."
—물론 알지. 그래서 주인과 저 여자가 뭔가 중요한 것 같지만, 그게 뭔지 알아듣기도 힘든 말을 떠들어 댈 때도 얌전히 듣고만 있었던 거고 말이야. 뭐 딱히 새삼스러운 일도 아니지. 나는 주인과 하루 이틀 같이 다닌 게 아니고, 한두 번 경험하는 것도 아니니까. 하지만 저 녀석들은 아니잖아.
그리모어가 말한 저 녀석들이란 태영을 따라 뛰어왔지만, 깜짝 놀랄 만큼 아무것도 하지 않고 다시 태영을 따라 나오는 카자드와 도노반을 두고 하는 말이었다.
아니, 아무것도 하지 않은 건 아니다.

태영과 한지영이 대화를 나누는 내내 끼어들고 싶은 욕구를 꾹 참는 얼굴로 바라보고 있었다.

그 둘이 1%의 살과 뼈, 99%의 호기심으로 이루어졌다는 마법사라는 점을 생각하면 나름 상당한 인내심을 발휘했다고 할 만한 일이었다.

그러나 더는 무리인 모양이다.

"어, 어이!"

도노반이 잰걸음으로 태영을 따라붙으며 소리쳤다.

"대체 방금 그게 다 무슨 소리인가?"

"제가 말했던 놈들을 찾아낼 방법이라는 게 그겁니다."

"그건 나도 돌아가는 분위기만 봐도 알아! 그래서 그 수상한, 아니 도시 전체가 이러니 그렇게 말하기도 어렵겠군. 위치를 보면 아마도 여긴 구덩이라고 불리던 유배지였을 텐데 대체 언제 이런……."

"도노반 님."

황망한 얼굴로 발테아르르를 훑어보던 도노반이 카자드의 목소리에 퍼뜩 다시 고개를 돌렸다.

"아, 아니 그보다! 그런 것 같아서 그 여자와 얘기할 때는 일단 물러나 있었지만, 나도 돌아가는 상황 정도는 알아야 할 거 아닌가? 일단 그 인공위성이라는 게 대체 뭔데?"

"알기 쉽게 말하면 비행기 같은 겁니다."

"그래, 그 여자와 하던 말을 들어 보니 그런 것 같더군.

하지만 대격변 이전에 발사했다는 말도 했었지. 바꿔 말하면 그건 대격변 이후에는 확인해 본 적이 없다는 말일 테고. 다보스의 추에 있을 때 자네가 말하지 않았나? 이계의 비행기는 대격변의 영향으로 모두 고철이 돼 버렸을 거라고 말이야. 그런데 어째서 그 인공위성이라는 건 멀쩡하리라고 생각하는 거지?"

물론 당연히 멀쩡할 수밖에 없어서다.

지금까지 태영이 알아낸 바에 의하면 대격변 이후 전자 기기를 포함해 현대의 물건이 부식되는 이유는 이계와 함께 이 세계를 뒤덮어 버린 마력의 영향이다.

그리고 마력은 대기에 녹아 있는 힘.

"인공위성이 떠 있는 곳은 하늘 너머, 우주입니다."

우주까지는 미치지 않는다는 말이다.

"우, 우주?"

"네, 인공위성은 대격변 이전부터 지금까지, 계속 우주에 떠 있었습니다."

"무, 무슨 그런 말도 안 되는…… 대격변 이전부터 계속 떠 있다니? 그런 게 가능할 리가…… 아니, 설사 정말 그런 게 있다고 해도, 대체 그 높은 곳에 떠 있는 것을 어떻게 찾아오겠다는 건가?"

"찾아올 수는 없죠. 찾아올 필요도 없습니다. 원래 인공위성은 방금 제가 한 박사님과 말하던 것처럼 통신으로 접속해서 사용하는 것이니까요. 그리고 인공위성을 사용할 수 있다면 놈들이 이 세계 어디에 떠 있든 찾아낼 수 있습니다. 인공위성에는 이 세계 전체를 비추면서도 수 미터 크기의 물체까지 감별할 수 있는 고성능 카메라가 부착돼 있으니까요."

"……무슨 말을 하는지 모르겠군."

무리도 아니다.

그러나 태영도 그 이상 해 줄 수 있는 말은 없었다.

태영도 전등만 보고도 놀라는 이계인에게 인공위성이나 전파, 카메라의 원리를 설명할 재주는 없으니까.

아니, 애초에 태영도 원리 따위는 모르지만 어쨌든.

"그냥 우리 세계의 마법 같은 거로 생각하시면 됩니다. 인공위성은 그 힘으로 우주에 떠 있고, 이 세상을 빠르게 훑어볼 수 있는 눈을 가진 존재라고 말입니다."

"뭔가 살짝 무시당한 기분이 들지만, 차라리 그게 낫군."

"그걸 사용할 수 있는지 없는지가 방금 말한 암호 생성기에 달려 있죠. 그게 서둘러 암호 생성기를 찾아봐야 하는 이유고 말입니다."

"대충 이해했네. 뭐 진짜 제대로 이해된 건 하나도 없지만."

태영의 말에 적당한 선에서 타협한 도노반이 고개를 끄덕이며 대답했을 때였다.

"무리입니다."

갑자기 카자드가 우뚝 걸음을 멈추며 말했다.

"무리라니? 뭐가?"

"그 인공위성이라는 게 이 세계 너머, 우주에 떠 있다면 접속할 수 없다는 말입니다."

"지금까지 대체 뭘 들은 거야? 계속 그 얘기를 하고 있잖아. 그 암호 생성기만 멀쩡하다면 할 수 있다고 말이야. 너는 이해하기 힘들겠지만……."

"아니, 이해하지 못하는 건 공왕님입니다."

카자드가 태영의 말을 끊으며 말했다.

"저도 이계인이 말하는 전파라는 게 어떤 건지는 대강 이해하고 있습니다. 하지만 제가 무리라고 한 말은 그런 것과는 상관없습니다. 전파가 아닌 다른 뭔가, 설령 직접 우주까지 날아갈 방법이 있다고 해도 무리라고 말하는 겁니다."

이어지는 말에 짜증 섞인 얼굴로 대꾸하려던 태영이 움찔하며 입을 다물었다.

카자드의 어두운 얼굴을 보고 직감했기 때문이다.

그게 그저 딴지 걸 생각으로 한 말도 아니고, 또 현대 문명을 이해하지 못해서 하는 말도 아니라고 말이다.

"그렇게 말하는 근거가 뭐지?"

"그건……."

무겁게 흘러나오던 카자드의 목소리가 한숨으로 바뀌었다.

그리고 잠시 갈등하는 눈빛으로 태영을 바라보다가 이내 지그시 입술을 깨물며 몸을 돌렸다.

"직접 보여 드리죠."

"뭘?"

"보면 아실 겁니다. 지금 우리가 어떤 상황인지, 또 어떻게 될지도."

카자드가 향한 곳은 공중 전함이었다.

공중 전함에는 따로 내려 줄 틈이 없어 북경에서 탄 원정군과 루이너 왕국군이 그대로 타고 있었지만, 일단 발테아르에서 모두 하선.

몇몇 기사만 남아 지키고 있었다.

그러나 카자드는 그들까지 모두 내리도록 지시했다.

"도노반 님도 여기서 기다려 주십시오."

"응? 나도 내리라고?"

"잠깐이면 됩니다. 부탁드립니다."

"……알겠네."

그리고 당연한 듯이 따라 들어오는 도노반까지 밀어내고 태영과 단둘이 승선.

쿠쿠쿠쿠-!

곧바로 공중 전함을 부상시켰다.

공중 전함은 순식간에 손톱만 한 크기로 작아지는 발테아르가 구름에 가려져 보이지 않게 되고도 한참을 더 올라가서야 멈춰 섰다.

그제야 선내로 들어갔던 카자드도 갑판으로 나왔다.

"다 온 건가? 혹시 이대로 우주까지 날아가는 건 아닐까 하는 생각도 들었는데 말이야."

"말했듯이 그건 무리입니다."

"그 이유를 직접 보여 주겠다는 말도 했었지. 대체 이런 곳에서 뭘 보여 주겠다는 거지?"

"이겁니다."

태영의 말에 카자드가 팔을 들어 올리며 대답했다.

그 팔에서 옅은 빛이 떠올랐다.

그러자 돌연 그 앞의 공간이 불투명하게 변하기 시작했다.

그리고 그 위로 마치 들불이 번지듯 붉은빛이 퍼져 나갔을 때!

"이게 뭐……."

의아한 눈으로 바라보던 태영이 움찔하며 그리모어를 움켜쥐었다.

넓게 벌어지는 붉은 빛 너머로 머리에는 뿔이, 등에는 박쥐를 닮은 날개가 달린, 악마와 같은 형상의 괴물들이 떠올랐기 때문이다.

-저놈들은…….

"카자드, 대체 이게 뭐……."

그리모어를 뽑아 든 태영이 카자드를 돌아보았다.

그러나 카자드는 느린 동작으로 태영을 돌아보며 고개를 저었다.

"진정하십시오. 저놈들은 이쪽으로 들어오지 못합니다. 우리를 보지도 못하죠."

"들어오지 못한다? 그건 이 앞에 뭔가가 있다는 말인가?"

"여기만이 아닙니다. 중앙대륙과 서방 대륙, 그리고 북쪽으로는 대격변 이후에 생긴 대륙과 남쪽으로는 중앙대륙 끝에서 수백 킬로미터 더 나아간 곳까지입니다. 방금 말한 지역이 아직 잿더미로 변하지 않은 이유죠."

"그게 무슨…… 아니, 그 말은 설마……."

"바꿔 말하면 그 외의 지역, 그게 우리 쪽 세계든 공왕님이 있던 세계든 모두 잿더미로 변했다는 말입니다. 인간은 물론 동물과 식물, 그리고 대지까지. 대격변과 함께 쏟아져 들어온 저놈들의 손에 말입니다."

"저놈들이 대체 뭐기에……."

"아시지 않습니까?"

카자드가 그 말처럼 불과 수십 미터 떨어진 두 사람, 심지어 200여 미터에 달하는 공중 전함조차 보이지 않는 듯이 이리저리 날아다니는 놈들을 돌아보며 말을 이었다.

"놈들은 사도, 아니, 사도의 첨병입니다."

"하지만……."

"세컨드 보이스는 이 세계를 멸망시키려는 게 아닙니다.

정확히 말하면 마무리를 하려고 하는 겁니다. 사도조차 뚫지 못하는 보호막에 막혀 이곳으로 들어오지 못하는 저놈들을 대신해서. 이 보호막 안으로 사도를 불러내는 방법으로 말입니다."

"그럼 이 보호막은 대격변이 시작될 때부터 있었다는 말인가?"

"시작된 직후에 만들어졌다고 해야겠죠. 이곳이 저놈들의 습격을 받지 않았던 것도, 또 대격변의 충격에서 지켜질 수 있었던 것도 그 때문입니다. 그 외의 지역은 대격변과 함께 일어난 천재지변에 저놈들의 습격을 받기 전에 이미 반 이상 멸망한 상태였죠. 이 보호막이 펼쳐진 곳이 우리 쪽 세계인 탓에 공왕님 쪽 세계는 그곳과 다름없는 피해를 받게 됐지만 말입니다."

"그런……."

태영은 상상조차 못 하고 있었다.

아니, 상상은커녕 보고 있는 지금도 믿어지지 않았다.

이미 카자드가 말한 지역 외의 세계가 멸망했다는 것도, 그 지역이 보호막에 의해 보호받고 있었다는 것도.

"넌 대체 언제부터, 아니 어떻게 그런 것들을 모두 알고 있는 거지?"

그러나 가장 이해가 안 되는 건 이쪽이었다.

"이 보호막을 만든 게 저니까요."

"……뭐?"

그리고 이어지는 카자드의 대답에 망치로 뒤통수를 얻어맞는 기분이 들었다.

"물론 제 힘만으로 만든 건 아닙니다. 중앙대륙은 우리 쪽 세계의 힘의 근원, 대지 깊은 곳에서 잠들어 있는 그랜드 스트림을 폭주시켜 만들어 낸 겁니다. 안타깝게도 그 힘으로도 세계 전체를 지키지는 못했고, 그 대가로 저는 회복하기 힘든 상처를 입고 힘의 대부분을 잃었지만, 그렇게라도 하지 않았을 때와 비교하면 싸게 먹힌 셈이겠죠."

카자드가 추가 설명을 덧붙였지만, 그런다고 나아지지는 않았다.

아니, 되레 더 거대한 망치로 얻은 맞은 기분이 들었다.

대지 깊은 곳에 잠들어 있었다는 그랜드 스트림이 뭐든, 그런 걸 이용했다고 해도 그처럼 거대한 보호막을 만들어 낸다는 건 평범한 인간이 할 수 있는 일이 아니니까.

아니, 카자드를 평범한 인간이라고 할 수는 없지만…….

"……넌 뭐냐?"

태영이 그리모어를 쥔 채 카자드를 향해 몸을 돌렸다.

그러나 카자드는 평이한 목소리로 대답했다.

"수호자입니다."

"수, 수호자? 그럼 그때 디스바로스가 너와는 계약하지 못한다고 말한 건……."

"제가 그와 같은 수호자이기 때문입니다."

"그럼 넌 이 세계에 이런 일이 벌어지기 전부터 모든 걸 알고 있었다는 말인가?"

"왜 제 세계가 공왕님 쪽 세계와 겹쳐지게 됐는지까지는 모르지만…… 네, 사도의 습격이나 세컨드 보이스의 존재는 대격변이 일어나기 전부터 알고 있었습니다."

"그럼 대체 왜! 왜 지금까지 숨겨 왔던 거지? 만약 네가 좀 더 빨리 알렸다면……."

"뭔가 달라졌으리라고 생각합니까?"

거칠게 소리치던 태영이 이어지는 카자드의 말에 움찔하며 입을 다물었다.

"이미 이곳 외의 세계는 멸망했고, 이곳마저 곧 세컨드 보이스라는 놈들이 마인을 불러내면 멸망하게 된다고 말하면, 모든 사람이 힘을 모아 대비를 해 줬으리라고 생각합니까?"

당연히 아니다.

직접 그때의 일을 겪은 태영이 놈들의 단서를 찾을 때까지 숨겨 왔던 이유도 그 때문이었으니까.

"……그럼 너는 어떻게 할 생각이었던 거지?"

"어떻게 할 생각이 아니라, 할 수 있는 일은 하나뿐이었죠. 놈들을 찾으며 대비하는 것, 신대 시대에 사도에 대항하기 위해 만들어졌던 세 가지 유물을 찾는 것이었습니다. 그 중 하나가 이 공중 전함 파이널 포트리스, 다른 두 가지가 인조 사도를 봉인해 놓은 검과 마도서, 공왕님이 가지고 있는 그리모어와 디비니티죠."

"뭐? 그리모어와 디비니티가…… 아니, 신대 시대에 왜 사도에 대항하는……."

태영의 질문에 카자드가 씁쓸한 얼굴로 대답했다.

"신대를 멸망시킨 건 사도입니다."

"대체……."

태영은 말을 잇지 못했다.

카자드가 자신을 이 세계의 수호자라고 밝힌 것부터, 그리모어와 디비니티, 공중 전함 파이널 포트리스가 신대에 만들어진 유물이라는 것과 그 신대가 멸망한 진짜 이유까지.

모두 태영이 알던 것과는 달랐다.

물론 알던 것이라고 해 봤자 1%도 되지 않는 정보에 99%의 짐작이 더해진 태영 나름의 추측에 불과하다.

당연히 그런 걸 근거로 딴지를 걸 생각은 들지 않았다.

태영이 말을 잇지 못한 이유는 되레 그 반대다.

'도노반이 있던 개척 마을에서 처음 세컨드 보이스와 관련된 놈의 기운을 감지했을 때 그리모어가 보였던 반응도, 디비니티에 사도를 증오하는 사념이 담겨 있던 이유도 그게 처음부터 사도에 대항하기 위해 만들어진 유물이었다면 말이 되지. 또 카자드가 수단과 방법을 가리지 않고 그것들을 손에 넣으려고 했던 이유도.'

걸리는 건 그중 마지막, 카자드에 대한 부분이다.

"그럼 왜 너는 나보다 빨리 그리모어와 디비니티를 찾지 못한 거지? 그게 신대의 유물이라도 네가 이 세계의 수호자라면 어디에 숨겨져 있는지 알고 있어야 하지 않나? 아니, 애초에 신이라는 놈들이 하려고 한다는 세계의 멸망이라는 게 뭐지? 디스바로스는 그게 그 세계 자체가 완전히 사라지는 것처럼 말했지만, 이 세계가 이미 한 번 멸망을 겪은 신대 이후에 생겨난 것이라면……."

"신대는 이 세계의 역사가 아닙니다."

"뭐?"

"그렇게 고도로 발달한 문명이 그렇게 갑자기 사라진 건 상식적으로 말이 안 되죠. 되레 그 반대입니다. 신대는 갑자기 사라진 게 아니라, 갑자기 나타난 겁니다. 이 세계의 사람들이 신대의 멸망으로 추정하는 수천 년 전에. 이번에 공왕님이 살던 세계가 갑자기 이 세계에 나타난 것처럼 말입니다."

"그럼 그때도……."

"대격변이 일어났습니다. 그리고 그때 시작된 거죠. 저도, 그리고 이 세계의 사람들도 말입니다."

고개를 끄덕인 카자드가 아득함마저 느껴지는 시선을 공중 전함 아래, 구름에 가려져 보이지도 않는 세계를 내려다보며 말을 이었다.

그 내용은 한마디 한마디가 그야말로 충격의 연속이었다.

카자드의 말에 따르면 이계의 인간들은 신이 창조한, 말 그대로 어느 날 갑자기 뚝 떨어지듯 생긴 존재라고 한다.

그럼에도 지금의 인간과 다른 존재의 잔재가 발굴되는 이유가 방금 말한 대격변이었다.

그리고, 그게 이 세계의 시작이었다.

방금 말했듯이 이 세계의 인간은 어느 날 갑자기 창조된 존재.

그럼에도 수천 년 만에 지금의 문명을 일궈 낼 수 있던 게 바로 그 대격변으로 이 세상에 나타난 다른 세계의 잔재, 신대의 문명이 바탕이 되었기 때문이었다.

아니, 정확히 말하면 그렇게 되도록 이끈 것이다.

신에 의해 이계가 창조될 때 그 세계를 지키고 이끌어 갈 존재로 선택한 카자드가 말이다.

-그럼 저 녀석은…….

저 녀석이라고 부를 수 있는 존재가 아니라는 말이다.

그게 사실이라면 고대에 인간에게 지식을 전해 줬다는 인도자, 수많은 기적을 행했다는 예언자, 혹은 신이라고 불리던 존재가 바로 그 카자드라는 말이니까.

더 충격적인 사실은 그게 비단 이계에만 해당하는 말이 아닐지도 모른다는 점이었다.

현대에도 똑같이 전해져 내려오기 때문이다.

현대보다 되레 더 발달했었지만, 한순간에 사라졌다는 초고대 문명의 전설도, 또 그 문명을 이끌었다는 인도자나 예언자의 존재도 말이다.

'그럼 그것들도…….'

물론 그것만으로 단정할 수 있는 일은 아니다.

아니, 설사 그게 사실이라도 지금 중요한 건 이계나 현대 문명의 기원 따위가 아니다. 그 두 문명도 신대처럼 사라질 위기에 직면해 있다는 것이다.

"네 말대로라면 이 세계와 인간을 창조한 게 정말 그, 디스바로스나 네가 말하는 신이라는 놈이라는 말이잖아. 대격변을 일으켜 그 세계의 문명이 발전하는 데 도움이 되는 세계의 문물을 전해 준 것도 그 신이고. 그런데 어째서? 그 신이라는 놈이 왜 갑자기 세계를 멸망시키려고 하는 건데?"

"저도 모릅니다. 알고 싶지도 않습니다. 그게 어떤 이유든 달라질 게 없으니까요."

태영의 말이 카자드가 미간을 찌푸리며 대답했다.

"말했듯이 이 세계와 인간을 창조한 건 신입니다. 하지만 신이 한 일은 그게 전부입니다. 그동안 이 세계를 지키고 이끌어 온 건 접니다. 그게 무슨 의미인지 압니까?"

당연히 태영이 알 리가 없었다.

카자드 역시 대답을 기대하고 물은 게 아닌 듯 바로 말을 이었다.

"손을 잡고 이끌어 온 겁니다. 인류가 아직 걸음마도 떼지 못했을 때부터 지금까지, 수천 년 동안. 굶어 죽어 가는 사람이 많으면 같이 새로운 작물을 찾아가며 고민했고, 병들어 죽는 사람이 많아지면 치료법을 찾아가며 고민했습니다. 저는 그 모든 순간을 기억하고, 단 한 순간도 애정을 느끼지 않은 적이 없습니다. 더 많은 인간을 구하기 위해 수천, 수만의 인간을 포기하는 선택을 해야 했을 때도, 심지어 그들이 더는 내가 통제할 수 없게 된 채로 전쟁을 일삼을 때도. 그 역시 성장하는 과정이라고 생각하고 말입니다."

카자드가 입술을 깨물었다.

"그런데 그 끝이 멸망이라니? 받아들일 수 있을 리가 없지 않습니까?"

카자드만이 아니었다.

아마도 디스바로스 역시 같은 과정을 겪고, 같은 결론에 도달했을 것이다.

태영이 본 모습이 그 결과고 말이다.

그리고 거기까지 생각하자 태영의 머릿속에 또 다른 의문이 떠올랐다.

카자드의 말에 따르면 신이라는 놈에 의해 창조된 세계는 모두 카자드나 디스바로스 같은 수호자라는 자가 존재한다.

즉, 태영이 살던 세계도 신에 의해 창조된 세계라면 수호자가 존재한다는 의미.

상황이 이렇게까지 심각하고 돌아가는데도 왜 태영이 살던 세계의 수호자는 아직 코빼기도 보이지 않느냐는 것이다.

카자드 역시 같은 의문을 가지고 있었던 모양이다.

"저는 처음에는 공왕님이 그쪽 세계의 수호자일지도 모른다고 생각했습니다."

"내가?"

"노웨인과 베라틴 영지의 전쟁에서 봤을 때, 제가 한 말을 기억할 겁니다. 그 전에 우리가 만난 적이 없냐고 말입니다."

"그건……."

태영이 난감한 표정을 떠올리자 카자드가 고개를 끄덕였다.

"네, 만난 적이 없죠. 알고 있습니다. 전 한 번 본 사람은, 과거 나를 스쳐 간 헤아릴 수 없는 사람을 모두 기억하고 있으니까요. 그럼에도 그런 질문을 한 이유는 왠지 모를 익숙함이 느껴져서였습니다. 거기에 제가 찾던 그리모어와 리벨리온의 서, 디비니티까지 가지고 있다는 걸 알게 됐을 때 확신했죠."

듣고 보니 태영도 꽤 그럴듯하게 들리기는 한다.

그러나 당연히 태영은 아니다.

태영이 그쪽 세계의 수호자였다면 얼마 전에 다시 찾아갔던, 지금 다시 봐도 씁쓸한 기분밖에 안 드는 반지하 셋방에서 살고 있었을 리가 없으니까.

다행이랄지, 태영이 굳이 그런 말까지 해 가며 부정할 필요는 없었다.

"하지만 얼마 전에 알게 됐습니다."

카자드는 이미 나름의 답은 찾아낸 목소리로 말을 이었다.

"얼마 전?"

"네, 서방 대륙의 연구소를 관리하던 세컨드 보이스의 마법사와 싸울 때, 놈이 그런 말을 하더군요. 모든 것은 신의 뜻이고, 이 세상의 수호자도 신의 뜻을 따르고 있는 이상 인간 따위가 막을 수는 없다고 말입니다."

"이 세계의 수호자? 아니, 잠깐. 그럼 설마……."

"물론 그게 저는 아니죠. 그럼 남은 답은 하나, 지금 세컨드 보이스를 이끄는 자가 바로 대격변과 함께 이 세계로 넘어온 또 하나의 수호자라는 말입니다."

태영은 또 한 번 충격을 받을 수밖에 없었다.

그러나 그와는 별개로, 지금까지 품어 왔던 의문이 자연스럽게 풀려 나가기 시작했다.

이계의 조직인 세컨드 보이스가 대격변 이후 어떻게 그렇게까지 빨리 중국과 결탁할 수 있었는지, 또 과거보다 몇 년이나 앞당겨 이 모든 일이 시작될 수 있었는지.

그사이에 카자드가 말한 이계, 태영이 살던 현대의 수호자를 연결고리로 끼워 넣으면 모두 해명이 되는 것이다.

아니, 해명됐다고 생각했지만.

"하지만 그자는 수호자가 아닙니다."

그때 카자드가 거칠게 입술을 일그러뜨리며 말을 이었다.

"뭐? 아니, 하지만 방금……."

"수호자에게 주어진 사명은 오직 하나, 그 이름처럼 자신이 맡은 세계를 올바른 방향으로 성장시키는 겁니다. 하지만 놈이 하려는 짓은 세계의 멸망. 설사 그게 자신을 창조한 신의 뜻이라고 해도, 그런 짓을 하는 놈은 수호자라고 부를 수는 없습니다."

-그렇긴 하군.

"내가 아는 한 그쪽 세계의 수호자라는 이름이 가장 어울리는 사람은 바로 당신, 레온 공왕님입니다."

-그것도…… 그렇긴 하군.

이어지는 말에 그리모어가 뭔가 우쭐한 목소리로 중얼거렸다.

그러나 딱히 우쭐해할 일은 아니었다.

일단 태영이 그런 말을 들을 만한 일을 해 온 건 사실이지만, 좋아서 한 게 아니니까.

물론 카자드는 지금까지 가장 큰 적이자 경쟁자였던 사내.

같은 의미로 태영이 가장 인정하는 사내였고, 그 정체가 수호자로 밝혀진 지금은 더 그렇다.

회귀 초기에는 그가 헛기침만 해도 죽어 나가던 태영이 이제 그와 같은 존재로 인정받는 수준까지 온 셈이니 감흥이 없다고 말할 수는 없었다.

그러나 그뿐이다.

카자드에게 인정받는다고 진짜 수호자가 되는 것도 아니니까.

아니, 그렇게 생각했지만…….

—이계의 수호자 [카자드]에게 [수호자]의 칭호를 받았습니다.

—특성 [수호자]를 습득했습니다.

—특성 [수호자]로 인해 마기(魔氣)에 대한 저항력이 100% 상승했습니다.

—특성 [수호자]로 인해 [카자드]의 영향 아래에 존재하는 마력의 흡수력이 상승했습니다.

—특성 [수호자]로 인해 모든 속성에 대한 저항력이 상승했습니다.

"이건……."

"역시 예상대로군요."

눈앞에 떠오르는 메시지에 태영이 당황한 표정을 떠올리자 카자드가 고개를 끄덕이며 중얼거렸다.

"예상대로라니? 그럼 내가 정말 수호자가 됐다는 말인가? 네 말 한마디로?"

"그건 아닙니다."

그러나 이어지는 질문에는 고개를 저었다.

"수호자는 처음부터 그렇게 만들어진 존재입니다. 이 세계와 함께 평범한 인간이 아무리 노력해도 얻을 수 없는 능력을 갖추고 태어나죠. 하지만 제가 누리던 특혜의 일부를 나눠 줄 수는 있습니다. 그만한 그릇을 갖춘 사람에게는, 제 말 한마디로 말입니다. 인제 와서 이런 건 큰 의미도 없을 것 같지만, 조금이라도 도움이 된다면 뭐든 해 봐야겠죠."

카자드가 공중 전함의 위, 투명해진 보호막 너머에서 마치 기회를 노리듯 떼지어 몰려다니는 악마 같은 형상의 놈들을 돌아보며 말했다.

"수호자라고 해 봐야 당장 제가 할 수 있는 일은 고작 그 정도밖에 없으니까요."

그 말과 동시에 내내 충격과 당혹, 그리고 혼란 속에서 허우적대던 태영의 의식도 현실로 돌아왔다.

"그러니까, 정리하자면 이 보호막 덕분에 아직 이 세계가 저놈들에게 박살 나지 않았지만, 반대로 그 탓에 우리가 바라는 대로 암호 생성기를 찾아 전파를 날려도 이 보호막에 막혀서 인공위성까지 닿지 못할 거라는 말인가?"

"네."

"일부만 해제할 수는 없는 건가?"

"그건 무리입니다. 말했듯이 이 보호막은 그랜드 스트림의 힘을 변환시켜 만든 것. 제 마음대로 조종할 수 있는 게 아닙니다. 그래도 완전히 해제할 수는 있겠지만, 그때는 사라진 놈들이 움직이기도 전에 이 세상이 멸망해 버리겠죠.”

ㅡ……외통수로군.

카자드의 말에 그리모어가 한숨 섞인 목소리로 중얼거렸다.

그러나 태영은 그렇게 생각하지 않았다.

아니, 받아들일 수가 없었다.

그걸 받아들이는 순간 모든 게 끝. 지금까지 태영이 수없이 회귀를 반복하면서도 포기하지 않고 해 온 모든 것을 부정해 버리는 것과 다름없으니까.

‘뭔가 다른 방법을 생각해야 하는 건가? 하지만 남은 시간이…….’

이에 태영이 입술을 씹어 대며 고민할 때였다.

예행연습

"아직 포기하기는 일러!"

태영이 와락 고개를 들어 올리며 소리쳤다.

카자드도 고개를 끄덕였다.

"물론 저 역시 이대로 포기할 생각은 없습니다. 제가 수호자라는 것을 밝히면서까지 이 보호막을 보여 드린 것도 그런 말을 하기 위해서가 아니고 말입니다. 말했듯이 저는 이미 공왕님을 그쪽 세계의 진정한 수호자로 인정했습니다. 그러니 일단 명확하게 현재 상황을 말씀드리고 현실적인 대책을 마련하기 위해서입니다."

"그런 말이 아니야."

태영이 고개를 저으며 말했다.

"너는 현실적인 대책을 마련해야 한다고 했지만, 내 생각에 지금 상황에서 가장 현실적인 방법은 인공위성을 이용해 놈들을 찾는 거야. 내가 포기하기는 이르다고 말한 것도 그거다. 단, 그 전에 먼저 확인해 봐야 하는 게 있어."

"뭐죠?"

"내가 말한 인공위성으로 놈들을 찾는 건 기본적으로 '보는' 거다. 물론 그냥 보는 건 아니야. 수천, 수만 배로 확대할 수 있는 고배율 카메라를 사용해 보는 거지만, 거기부터 설명할 수는 없으니 넘어가고, 내가 알고 싶은 건 이거야. 아까 넌 밖에 있는 놈들이 우리를 보지도 못한다고 했잖아. 그럼 밖에서는 보호막 내부를 보지 못한다는 말인가?"

"기본적으로는 그렇습니다."

"기본적으로?"

"아니, 정확히 말하면 그 반대라고 해야겠군요. 보호막이 불투명한 건 보호막 자체가 그런 성질을 가진 게 아니라, 제가 그랜드 스트림의 힘을 변환할 때 사용한 마법의 영향입니다. 지금 이쪽에서는 밖을 볼 수 있게 만들 수 있는 이유도 그 때문입니다. 제가 보호막 자체를 조작할 수는 없지만……."

"결론만 간단히! 밖에서도 볼 수 있도록 만들 수 있다는 거야, 없다는 거야?"

"할 수는 있습니다."

"그럼 됐어."

태영이 말에 움찔하며 중간 과정을 생략하고 말한 카자드가, 중간 과정을 생략하고 대답하는 태영의 대답에 다시 한 번 움찔했다.

"되다니? 그럼 보호막을 해제하지 않고도 인공위성이라는 것과 접속할 방법이 있다는 겁니까?"

"그걸 대답할 사람은 내가 아니야."

"네?"

"지금 내 앞에서 그런 표정을 지어 봤자 소용없다는 말이지. 나도 직접 본인에게 물어보기 전에는 대답할 수 없으니까. 그러니 일단 돌아가자고."

"어디로 말입니까?"

"발테아르."

일일이 확인해 보지는 않았지만, 그곳에 있을 것이기 때문이다.

그리고 그곳에 있었다.

북경에서 좀비 떼에 몰려 있다가 카자드가 몰고 온 공중전함을 타고 돌아온 발테아르의 병사들과 섞여서.

"오빠, 급하게 찾았다면서요? 또 무슨 일 있어요?"

태영이 다시 발테아르로 돌아오자마자 급파한 곽현경을 따라 뛰어오는 멜리나가 말이다.

그동안의 원정으로 쌓인 피로에 멜리나는 도착하자마자 자고 있었는지 아직 안쓰러운 몰골로 팅팅 부은 눈을 비벼

대고 있었지만, 그런 사정을 생각해 줄 상황은 아니었다.

태영이 고민 끝에 찾은 열쇠가 멜리나.

앞으로 어떻게 해야 할지는 그 멜리나의 대답에 따라 달라지기 때문이다.

"급하게 확인해 줘야 할 게 있어."

"뭘요?"

"너, 예전에 탄바실 계곡 전체에 펼쳐 놨던 결계를 해제할 때 그런 말을 한 적이 있었지? 그때 탄바실 계곡에 작용하던 힘은 결계가 만들어 내는 게 아닌, 대지 깊은 곳에 존재하는 힘의 흐름을 바꿔서 만들어 내는 것이라고 말이야."

"대지 깊은 곳에 존재하는 힘?"

태영의 말에 카자드가 움찔하며 중얼거렸다.

아마 그게 좀 전에 자신이 말한 그랜드 스트림과 같은 힘을 의미한다고 생각해서일 테고, 태영이 급하게 멜리나를 찾아온 이유도 같은 생각을 떠올렸기 때문이다.

아니, 정확히는 그때 들었던 말 때문이다.

그때는 무슨 말인지 제대로 이해하지 못했고, 솔직히 말하면 아직도 이해되지 않지만…….

"그때 내가 물어봤었잖아. 이미 계곡 전체에 영향을 주는 대규모 결계를 그때 하던 방식대로 일부분을 해제해 버리면 문제가 생기지 않겠냐고 말이야."

"나 참, 자는 사람을 깨워서 물어봐야겠다는 게 그거예요?

그건 그때도 대답해 줬잖아요. 그래서 그런 일이 생기지 않게 마력의 흐름에 영향을 주지 않도록 결계에 손대기 전에 먼저 그 주위에 우회로 역할을 하는 결계를 펼쳐 놨다고 말이에요."

"그래, 그때도 그렇게 대답했지. 내가 묻고 싶은 것도 그거야. 그럼 그 우회로 역할을 하는 결계가 있는 곳은 그때 어떤 상태가 되어 있던 거지?"

"그거야 뻔하잖아요. 그곳은 대지의 힘이 전혀 작용하지 않는 공백 상태가 되는 거죠. 우회로를 통해 다른 방향으로 흘러가니까."

멜리나가 뭐 그런 당연한 걸 묻느냐는 얼굴로 대답했다.

그러나 그렇게 당연한 건 아닌 모양이다.

그랬다면 지금 카자드가 저렇게까지 당황한 눈으로 멜리나를 돌아볼 리가 없으니까.

"왜 그런 눈으로 봐요? 그런 건 결계 마법사라면 누구나 하잖아요."

"누구나 한다고? 대지의 힘을 공백 상태로 만드는 걸?"

"그렇잖아요. 결계 마법사가 가장 많이 사용하는 게 대지의 힘을 활성화해서 작물이 자라는 속도를 증가시키는 결계니까. 그 술식을 역으로 해석하면 당연히 대지의 힘을 억제하거나, 우회로를 만들 수도 있죠. 물론 단순히 반대로 짠다고 되는 게 아니라 실제로는 꽤 복잡하고, 대지의 힘을 공백 상태로 만들면 아예 작물이 자라지도 않는 저주받은 땅같이 돼 버리니 실제로 그런 짓을 하는 결계 마법사는 없지만 말이에요.”

그리고 장담할 수 있었다.

다른 건 몰라도 멜리나 외에 다른 결계 마법사가 그런 짓을 하지 않는 게 결코 그런 이유 때문은 아니라고 말이다.

물론 태영도 다른 결계 마법사와 심도 깊은 대화를 나눠 본 적이 없으니…… 아니, 멜리나와도 심도 깊은 대화를 나눌 생각 따위는 없었다.

“그럼, 혹시 보호막, 구체적으로는 방금 네가 말한 대지의 힘을 이용해 만들어진 보호막에도 같은 방식을 적용할 수 있다는 말이야?”

“같은 방식?”

“네 말대로 우회로를 만들 수 있냐는 말이야. 그 부분만 공백 상태로 만드는.”

“그거야 모르죠. 보호막에 써 본 적은 없으니까. 게다가 대지의 힘이라고 해도 보호막으로 변환됐다면 이미 마법의 힘이 작용하고 있다는 말이니, 거기에 어떤 술식이 사용됐는지까지 알기 전에는 대답하기 힘들어요.”

그리고 뒤이은 멜리나의 대답에 카자드도 지금 제가 해야 할 일이 뭔지 알게 된 모양이다.

“그건 제가 설명하죠.”

카자드가 얼른 끼어들어 설명했다.

태영은 거기까지였다.

그 뒤로 쏟아져 나오기 시작한 카자드의 설명은 나름 마법에 꽤 조예가 깊다고 자부하는 태영조차 1도 알아듣지 못할 말뿐이었기 때문이다.

그러나 다행히, 멜리나는 알아듣는 눈치였다.

그런 식으로 말하는 이유는 그 뒤로 보충 설명을 요구하는 멜리나의 말 역시 1도 알아들을 수 없었기 때문이다.

태영이 멜리나보다 더 아는 건 딱 하나.

"뭐랄까, 좀 충격적이네요. 술식이 복잡함도 그렇지만…… 그 방대한 대지의 힘을 조작해 그만한 크기의 방어막을 만들다니, 인간의 힘으로 가능한 게 아니잖아요. 보통 인간이라면, 아니 보통 인간의 수천 배에 달하는 마력을 가지고 있어도 그 힘을 조작하려고 시도하는 것만으로도 마력이 역류해 터져 버릴 거라고요."

멜리나가 이해할 수 없다는 눈으로 바라보는 카자드의 정체를 알고 있다는 것뿐이었다.

뭐 정작 카자드도 멜리나를 그런 눈으로 바라보고 있지만 어쨌든.

그 뒤로 한참 탁자에 뭔가를 끼적대고, 다시 지우기를 반복하던 멜리나가 고개를 끄덕이며 말을 이었다.

"응! 결론부터 말하면 일단 가능해요."

"된다고?"

"네, 하지만 저 오빠가 말하는 것처럼 작은 틈을 만들 수는 없어요. 말했듯이 그 술식은 엄청나게 복잡하니까, 그 술식에 대항해 우회로를 만드는 결계도 그만큼 복잡해질 수밖에 없어요. 그건 그만큼 술식의 부피도 커지게 된다는 말이고, 술식이 커지는 만큼 공백 상태가 되는 곳도 커질 수밖에 없죠."

"그게 얼마나 된다는 건데?"

"글쎄요? 작게 잡아도 200미터 이상이에요. 물론 오래 유지할 필요가 없다면 술식을 간결화해 좁힐 수 있지만, 그래도 100미터 정도는 될 거예요."

"100미터……."

태영이 입속으로 중얼거리며 카자드를 돌아보았다.

"전체가 해제되는 것보다는 낫군요."

물론 태영도 같은 생각이다.

또 지금 다른 방법을 찾는 것보다 거기에 걸어 보는 게 더 낫다는 것도.

따라서 다음에 할 일은 명확!

"멜리나, 지금부터 최대한 빨리 술식을 짜 줘! 돌아온 지 얼마 안 돼서 힘들겠지만……."

"나도 어떤 상황인지는 대강 들었어요. 솔직히 아직도 믿어지지 않지만, 정말 이 세계에 그런 보호막까지 펼쳐져 있다면 믿지 않을 수도 없고요. 덕분에 잠이 확 깼어요!"

"그럼 부탁할게! 카자드, 가자!"

멜리나의 당찬 대답과 동시에 태영은 다시 카자드와 함께 공중 전함으로 뛰어갔다.

그 앞에는 이미 휘둥그레한 눈으로 공중 전함을 바라보는 한지영과 그게 얼마나 굉장한 유물인지 입에 침을 튀기며 떠들어 대는 도노반이 와 있었다.

"어? 자네들…… 다시 내려오자마자 정신없이 뛰어가더니 이제야 돌아오는군. 대체 무슨 일인가? 아니, 그보다……."

"일단 타십시오! 가면서 얘기하겠습니다!"

이에 태영은 불안한 얼굴로 돌아보는 도노반과 한지영을 태우고 바로 발진!

쿠콰콰콰-!

공중 전함이 불길을 뿜으며 날아가는 사이에 대강의 상황을 얘기해 주었다.

당연히 처음 듣는 한지영은 꽤 충격에 휩싸인 얼굴이 되었다.

"이 세계에서 그런 일이 벌어지고 있다니…… 그럼 인공위성과 접속해야 한다는 게……."

"지금으로서는 놈들을 찾을 유일한 방법입니다. 인공위성에 접속할 수 있다는 말은 틀림없겠죠?"

"물론이에요, 암호 생성기만 문제없이 작동한다면."

"그때까지의 시간도 중요합니다."

"그런 것 같네요. 이것저것 궁금한 게 많지만, 그런 걸 물을 상황도 아닌 것 같고. 혹시 몰라 챙겨 오기는 잘했네요."

한지영은 태영의 설명에 떠오르는 이것저것 궁금한 뭔가를 털어 내듯이 머리를 흔들며 대답하고 바로 노트를 펼쳐 인공위성과 접속할 때 사용할 통신기의 설계도, 정확히는 그렇게 추정되는 뭔가를 그리기 시작했다.

그러는 사이에도 공중 전함은 폭풍처럼 대기를 가르며 날아 불과 20여 분 만에 우주 항공 센터에 도착!

당연히 우주 항공 센터도 다른 도시의 건물처럼 폐허로 변해 있었다.

크와아아아!

그런 이유로 연합군 진영이나 발테아르에 착륙할 때와 달리 환호성(?)을 터뜨리며 맞이해 주는 것도 몬스터 떼뿐이었지만, 당연히 문제 될 건 없었다.

"암호 생성기는 어디에 있습니까?"

"저쪽에 보이는 중앙 관제실이 있는 본부 건물이에요. 암호 생성기는 그 지하 6층의 금고 안에 들어 있을 거예요. 데스크탑 컴퓨터처럼 생긴 기계에 'KOR−0001'이라고 적힌 태그가 붙어 있을 거고요."

"그렇군요."

한지영의 말에 고개를 끄덕이는 두 사람은 도노반이 누누이 말해 왔듯이 한 명은 일국의 공왕, 다른 한 명은 제국 최강의 마법사로 불리는 사람이니까.

"가자."

콰광! 콰콰콰콰—!

이에 두 사람이 내리는 것과 동시에 공중 전함 주위로 몰려들던 몬스터는 그대로 박살!

폐허로 변한 우주 항공 센터에서 나름의 생태계를 만들고 살던 몬스터도 마찬가지였고, 그러는 동안에도 버티던 금고의 두꺼운 철문도 그 두 사람을 막아서지는 못했다.

"돌아가죠."

그리하여 10분도 안 되어 암호 생성기를 찾아 귀함!

"아직 제대로 작동해요!"

채 1시간이 지나기도 전에 발테아르로 돌아와 제대로 작동하는 것까지 확인할 수 있었다.

그러나 태영과 카자드의 힘으로 할 수 있는 건 여기까지.

암호 생성기를 사용해 인공위성과 접속할 통신기를 만들어 내는 건 한지영의 몫이었고, 그동안 보호막에 구멍을 뚫을 결계를 만드는 건 멜리나의 몫이었다.

그렇다고 태영과 카자드가 할 일이 없는 건 아니었다.

'100미터든 200미터든…….'

보호막에 구멍이 뚫리면 밖에 있는 놈들이 쳐다만 보고 있을 리가 없으니까.

"얼마나 걸리겠습니까?"

"나흘, 아니 사흘만 주세요. 그때까지는 무슨 수를 써서라도 만들어 놓겠어요."

한지영이 결의에 찬 얼굴로 대답했다.

"멜리나는?"

"지영 언니가 사흘로 잡았다면 저도 어떻게든 그때까지 맞춰 볼게요."

멜리나도 각오를 다진 얼굴로 대답했다.

그런 말을 하는 사이에도 자금성과 함께 사라진 세컨드 보이스, 아니 마더라는 존재는 종말의 사도들을 불러내고 있을 터.

당연히 한지영과 멜리나도 그 점을 의식해서 대답한 것이다.

그러나 말했듯이 모든 일이 계획대로 진행된다고 해도 보호막에 구멍이 뚫리면 밖의 놈들도 지켜만 보지는 않을 터.

'사흘…….'

그때까지 필요한 준비를 해 놓아야 한다는 말이다.

일단 태영은 곽현경과 박예지, 박 사단장 등 발테아르의 관리자들을 소집해 그와 관련된 내용을 전달해 주었다.

"음……."

당연히 회의실은 충격에 휩싸였다.

물론 태영과 함께 돌아온 원정군은 처음 발테아르에 착륙했을 때 모두 하선.

태영과 카자드가 분주히 돌아다니는 사이에 관리자급은 그들을 통해 대강의 상황을 전해 들은 뒤였다.

그러나 병사들에게 들은 것과 태영에게 듣는 건 무게가 다를 수밖에 없었다.

"그럼 예정대로 사흘 뒤에 한 박사님이 인공위성과 접속할 통신 설비를 만들고, 멜리나가 그 보호막에 구멍을 뚫는다면……."

"물론 밖에서 호시탐탐 기회를 노리고 있던 놈들이 쏟아져 들어오겠지. 그 첫 번째 공격 대상이 될 곳이 바로 여기, 발테아르가 될 거고 말이야."

더구나 이런 말까지 들으면 더 그렇다.

그리고 태영 역시 그들처럼 가능한 한 그런 상황은 피하고 싶었다.

그러나 두 가지 이유에서 선택의 여지가 없었다.

첫째는 통신 설비를 만들어도 인공위성과 접속하려면 안정적인 전력 공급이 필요하고, 현재 이 세계에서 그게 가능한 곳은 발테아르밖에 없다는 것이다.

그리고 둘째는…….

"뭘 걱정하는지는 안다. 하지만 이 세계가 맞닥뜨린 상황은 나나 너희가 걱정한다고 피할 수 있는 것도 아니고, 그건 이 세계의 모든 도시와 사람에게 해당하는 얘기다. 밖의 놈들이 쏟아져 들어오면 발테아르는 피해를 입을 수밖에 없겠지만, 그렇게라도 해서 세컨드 보이스를 찾아 막지 못하면 이 세계 자체가 사라진다.”

당연히 이런 이유다.

그리고 이는 이미 결정 사항, 어떤 이견도 받아들일 생각이 없었다.

뭐 애초에 그런 시기에 상황 파악도 못 하고 이러쿵저러쿵 떠들어 댈 사람이었다면 발테아르의 관리자로 앉혀 놓지도 않았겠지만 어쨌든.

물론 그렇다고 무턱대고 발테아르의 상공에 구멍을 열겠다는 말은 아니다.

일어날 일이 명확한 만큼 할 일도 명확!

“곽현경! 박예지!”

“네!”

“지금부터 발테아르는 현재 진행 중인 모든 일을 중단하고, 임전 태세로 돌입한다! 국외에서 입국한 자는 오늘 안에 모두 발테아르에서 내보내라. 발테아르의 국민도 마찬가지. 이번 전투에 참전할 병사를 제외한 나머지는 이유를 막론하고 이곳에서 퇴거, 주요 물자와 함께 남양주의 이주민들이 모여 있는 지역으로 이동한다!”

"바로 이행하도록 하겠습니다. 하지만 한 가지, 비전투요원 중에도 이번 전력 공급이나 그 외의 부분에서 필요한 인원이 있습니다."

"물론 이번 일에 필요한 인원은 예외다. 그 부분은 일단 박예지와 상의해 필요 최소한의 인원을 산출하고 자원자를 우선해 구성해라. 너와 박예지가 상의해 결정한 일이라면 따로 내게 물어볼 필요는 없으니 결과만 보고해라."

"알겠습니다!"

곽현경이 바로 몸을 일으키며 대답했다.

"그리고……."

"말씀하십시오."

태영이 고개를 돌리자 박 사단장이 굳은 표정으로 고개를 끄덕였다.

"구멍을 통해 들어오는 놈들은 1차적으로 내가 막을 겁니다. 하지만 전장이 상공이라는 특수성을 생각하면 꽤 많은 놈이 방어선을 뚫고 들어올 거고, 앞서 말한 것처럼 놈들의 첫 번째 타깃은 발테아르가 될 겁니다."

"대공(對空) 방어선을 펼쳐 둬야 한다는 말이군요."

"네, 아시다시피 이계의 병사들은 비행체, 더구나 군대라고 부를 정도로 많은 비행체와 싸워 본 경험이 없습니다. 저 역시 마찬가지고요. 그러니 대공망에 필요한 병기와 병사들의 배치에 대한 건 모두 사단장님에게 맡기겠습니다."

"구멍이 어디에 뚫리는지 정확한 위치를 말씀해 주십시오. 거기에 맞춰 준비하겠습니다."

"그 부분도 사단장님의 판단에 맡기겠습니다. 휩쓸리듯이 진행되고 있지만, 적어도 그 정도는 우리가 선택할 수 있으니까요."

"그럼 먼저 병력을 배치할 장소부터 확인해 보고 말씀드리겠습니다."

박 사단장도 바로 몸을 일으켰다.

살짝 고개를 끄덕인 태영이 다음으로 돌아본 건 내내 아무 말도 없었지만, 속은 꽤 시끄러운 표정을 짓고 있는 그렉과 이덕수였다.

전투에서는 무엇보다 전의가 중요하지만, 그렇다고 전의만 가지고 싸울 수는 없는 법.

더구나 전투가 시작되는 지점도, 그 뒤로 이어질 전투도 대공전이라는 특수성을 생각하면 그에 맞는 병기는 필수라고 할 수 있었기 때문이다.

이에 태영은 바로 생각해 두었던 군수품을 지급으로 발주!

"……상당한 양이군요."

그러나 이덕수의 얼굴에는 부담스럽기 짝이 없는 표정이 떠올렸다.

"어렵겠습니까?"

"어려운 게 아니라 물리적으로 불가능한 양이야!"

이어지는 태영의 질문에 답답한 표정으로 소리친 건 그렉이었다.

"물건이라는 게 그냥 주문만 한다고 팍팍 찍어 낼 수 있는 게 아니야. 아니, 여기서는 정말 프레스로 찍어 낼 수 있기는 하지만, 그것도 사람 손이 필요한 거라고! 게다가 그동안 쉴 틈도 없이 곳곳에서 주문이 쏟아져 들어오는 통에 이제 남은 자재도 별로 없다고!"

당연히 태영도 그 정도는 알고 있었다.

"물론 필요한 자재는 공급해 주지. 인원도 충분히 보충해 주고."

"자재는 그렇다 쳐도, 사람을 더 늘린다고 달라질 것도 없어. 전투도 그렇겠지만, 공장 일도 그저 머릿수만 늘린다고 되는 게 아니야. 괜히 급하다고 머릿수만 늘려 버렸다가 안전사고와 불량률이 급증하면 되레……."

"드워프라면?"

"뭐?"

짜증 섞인 표정으로 대꾸하던 그렉이 태영의 말이 움찔하며 되물었다.

"어디서 드워프를……."

물론 노블핸드다.

애초에 방금 태영이 발주한 군수품의 양은 노블핸드의 드워프까지 계산에 넣은 것이었다.

말했듯이 현재는 이미 발테아르나 제국, 노월 왕국, 아니 이계와 현대를 나누는 것조차 무의미한 상황이니까.

따라서 태영은 머릿속에 떠오르고, 또 손에 닿는 것은 뭐든 이용할 생각이었다.

그리고 노블핸드는 충분히 손이 닿을 곳이었다.

카자드가 이번 회의에 참석하지 않은 이유가 바로 그 때문이었다.

아니, 정확히는 늦게 참석했다고 해야 했다.

쾅!

"그렉!"

한지영과 멜리나가 사흘이라는 시간을 말한 직후에 바로 날아가, 거칠게 문을 열어젖히며 뛰어 들어오는 노블핸드의 퍼스트 핸드를 데리고 오느라 말이다.

"어? 아, 아빠…… 아니, 퍼스트 핸드 님?"

"그냥 아빠라고 불러도 돼!"

"네?"

"그동안 어떤 일이 있었는지는 오는 길에 카자드 경에게 들었다! 그동안 네가 어떤 일을 해 왔는지도! 얼마 전까지만 해도 고쳐서도 쓸 수 없는 망할 아들놈이라고 생각했는데…… 지금은 나는 네가 자랑스럽다! 세상을 멸망시키려는 악과 맞서 싸우는 아들이라니……."

"전 안 싸우는데요?"

퍼스트 핸드가 부담스러운 눈빛으로 바라보며 말하자 그렉도 부담스러운 눈빛으로 대답했지만, 퍼스트 핸드는 고개를 저었다.

"겸손 떨 필요 없다. 전투에서 무구가 얼마나 중요한지는 무지성으로 검밖에 휘둘러 댈 줄 모르는 전사조차 아는 일! 과거 용사로 불리던 전설적인 파티에는 항상 우리의 자랑스러운 선조 드워프가 있었던 이유도 그 때문이다. 그리고 앞으로 용사로 불릴 레온 공을 돕는 너 역시 과거의 드워프 영웅처럼 그 일각을 담당하고 있다는 건 분명한 사실! 이로써 나는 조금의 여한도 없이 네게 이 망치를 물려줄 수 있게 됐다. 자, 받아라."

그리고 한층 더 부담스러운 눈빛을 떠올리며 손에 든 망치를 건네주었다.

이름 그대로 퍼스트 해머, 노블핸드 수장의 상징이었다.

이에 그렉은 당혹감을 떠올렸고…….

"이딴 건 됐어요!"

퍼스트 핸드에게 건네받은 망치를 냅다 집어 던졌다.

"전에 노블핸드에서도 말했잖아요! 일단 놈들을 막은 뒤의 얘기겠지만, 이미 세상은 자동화의 파도가 밀려오는 신시대! 그딴 망치나 붙들고 옛날얘기나 하고 있다가는 순식간에 뒤처진다고요! 뭐 그것도 일단 놈들을 막아 낸 뒤에나 할 수 있는 말이기는 하지만, 그러니까 더! 이딴 망치나 주고받을 때가 아니잖아요!"

"이, 이딴 망치라니……."

"됐고! 설마 아빠 혼자 온 건 아니죠?"

"그야 물론……."

"그럼 얼른 와요! 할 일이 많아요!"

퍼스트 해머의 말을 씹은 그렉이 팔을 걷어붙이고 뛰어나가며 소리쳤다.

그 뒤를 따라 발을 움직이던 퍼스트 해머가 움찔하며 멈추더니 태영을 돌아보았다.

"레온 공, 기회가 있을 때 말해 두지."

그 눈이 축축이 젖어 있었다.

"……고맙네."

오랜만에 본 자식 놈이 싸가지없이 대해서는 아닌 모양이다.

"이런 말을 할 상황은 아니라는 건 알지만, 레온 공과 저 자식 놈이 앞으로 노블핸드를 어떻게 바꿔 나갈지 보기 위해서라도 죽을힘을 다해서 돕겠네."

"저도 마찬가지입니다."

그때 이덕수도 몸을 일으키며 말했다.

"제가 평생 손에서 기름때가 빠지는 날도 없이 살아온 이유는 오직 하나, 제 자식 놈을 남부럽지 않게 키우기 위해서입니다. 그런데 갑자기 세상이 이렇게 변해 버린 것도 모자라 이제 듣도 보도 못한 놈들이 멸망시키려고 한다니? 당연히 그딴 건 용납할 수 없습니다. 그놈들을 작살 내는 데 도움이 된다면, 설사 피를 토하고 죽더라도 공왕님의 주문 양을 맞추고 죽겠습니다."

"혹시 귀공이……."

"이덕수입니다."

"오오! 귀공이 그렉이 말하던 그 마스터! 얘기는 들었습니다. 그렉이 제대로 된 놈이 되는 데 공왕님만큼이나 도움이 된 분이라고 말입니다. 인사가 늦었습니다. 전 노블핸드의 수장, 아니 그렉의 아비입니다."

"마스터인지 뭔지는 모르겠지만, 인사라면 가면서 하죠. 비록 성격이 뭣 같아서 다정한 말 한마디 해 본 적 없는 아버지라도 자식 놈을 지키기 위해 할 수 있는 일을 미루고 싶지는 않으니까 말입니다."

"아, 네. 물론입니다."

짧은 대화를 끝낸 두 아버지는 황급히 회의실을 뛰어나갔다.

그리고 그거면 충분하다.

살기 위해서는 맞서 싸우는 수밖에 없지만, 지켜야 할 게 있다면 더 이를 악물게 되는 법.

태영이 과거와 달라진 것도 바로 그 부분이었다.

과거에는 그저 살아남기 위해 싸워 왔지만, 지금은 태영도 지켜야 할 게 있었다. 아니, 정확히 말하면 같이 싸워 줄 존재가 있다는 것이다.

곽현경과 박예지가 국민을 대피시키는 사이, 그리고 박 사단장이 대공망을 구축하고, 그렉과 이덕수, 드워프들이 군수품을 찍어 내는 동안 태영이 할 일이 그것이었다.

"라르고! 하울! 일라! 다란! 하덴! 데드릭! 발론! 베린! 그리고 이 중위와 박 중사!"

"네, 공왕님!"

"지금 바로 다시 각자 병력을 소집해라! 지금부터 한 박사님과 멜리나가 필요한 준비를 끝낼 때까지 특훈에 돌입한다!"

1명이라도 더 살리기 위해 1분이라도 더 굴리는 것.

물론 발테아르의 병사만이 아니었다.

퍼스트 해머가 회의실로 들어왔을 때, 정작 노블핸드의 드워프들을 날라왔던 카자드가 같이 들어오지 않았던 이유가 그 때문이었다.

태영이 병사들을 훈련시키는 사이 이틀이 더 지났을 때.

"레온 공!"

발테아르로 돌아온 공중 전함에서 내리는 사람들을 날라오기 위해 바쁘게 왕복한 것이다.

바로…….

◎

“오셨군요.”

“당연히 와야지. 아니, 여기서는 존댓말을 해야 하려나?”

“그냥 편하게 하죠. 예의 운운할 상황도 아니고, 앞으로는 더 그렇게 될 테니 말입니다.”

“그렇긴 하지.”

태영의 말에 피식 웃으며 고개를 끄덕이는 사람은 그라디오스 후작이었다.

“어떤 상황인지는 들었겠죠?”

“물론이네. 카자드 경이 말한 다보스의 추를 찾았지만, 쓸 수 없는 상태였다는 것도, 이에 자네가 다른 대응책을 생각해 냈다는 것도 모두 들었네. 덕분에 전무후무한 규모의 연합군을 결성해 기세등등하게 진군하다가 닭 쫓던 개 신세가 돼 버린 우리도 할 수 있는 일이 생겼다는 것도 말이네.”

당연히 혼자 타고 온 게 아니었다.

파이널 포트리스는 최후의 요새라는 이름처럼 성과 맞먹는 크기의 전함.

게다가 드워프를 태우고 왔을 때 노블핸드에서 싣고 온 각종 희귀 광석은 물론, 공중 전함에 실려 있던 화물까지 몽땅 하역.

텅텅 비운 채로 날아가 그 빈자리를 몽땅 병사들로 채워 돌아왔다.

"어이, 우리도 다시 왔어."

"자식 놈을 아낄 때도 아니고 말이야."

"저는 아버님에게 아낌을 받았던 기억도 없는데요?"

"자랑스러워해도 된다는 말이지. 그런데도 여기까지 데려왔다는 건 내가 이제 너희들도 제대로 된 한 명의 전사로 인정했다는 의미니까."

그라디오스 후작이 돌아보는 워트와 리디아, 젬, 그리고 그의 세 자루 검이라고 불리는 모어와 드미트리, 에단을 따라 내리는 병사는 약 1만.

정확히는 12만의 연합군 중에서 그라디오스 후작이 엄선한 1만의 병사들이었다.

물론 그중에는 발투스와 루이너 왕국군도 있었다.

그라디오스 후작의 높은 기준 탓에 숫자는 100여 명으로 줄어 있었지만 어쨌든, 지원군은 그들만이 아니었다.

공격도 그렇지만, 방어라면 병사가 많을수록 유리해지는 법.

따라서 이미 말했듯이 태영은 동원할 수 있는 건 모두 동원할 생각이었고, 아직 쥐어짤 만한 곳이 남아 있었기 때문이다.

그것도 공중 전함을 이용하면 엎어지면 코 닿을 정도의 거리에 말이다.

"물론 나도 참전하지."

그게 바로 쉴 틈도 없이 다시 날아갔다가 서너 시간 만에 다시 돌아온 공중 전함에서 내리는 옆 나라 국왕, 질리언과 3천의 병력이었다.

"폐하가 직접 오신 겁니까?"

"카자드 경에게 여기서 무슨 일이 벌어질지는 들었네. 바로 옆에서 그런 일이 벌어진다는데 왕성에 앉아 있을 수는 없지. 만약 여기서 놈들을 막아내지 못한다면 다음 차례는 옆 나라인 우리가 될 거고, 자네가 막지 못한 놈들을 내가 막을 수 있으리라는 생각은 들지 않거든. 그럼 차라리 그 전에 힘을 보태는 편이 낫다고 생각한 거지. 자네 덕분에 이제 나도 검기 정도는 날릴 수 있는 몸이 되기도 했고 말이네."

"그래도 폐하께서 직접 전장에 나서는 건 안 됩니다."

"레이븐 경은 오는 내내 저렇게 말하고 있지만 물론, 나도 참전할 생각이네. 최전방에서. 내 의제의 옆자리가 그곳일 테니까."

질리언이 뒤에서 중얼대는 레이븐을 돌아보며 피식 웃었다.

레이븐은 못마땅한 표정을 짓고 있었다.

"그건 곤란합니다."

그러나 딴지를 걸고 나서는 건 다른 쪽, 워트였다.

"오래전부터 레온의 옆자리는 저로 정해져 있었습니다."

"멍청한 소리를 하는군."

그러나 그 역시 곧 미스트에게 제동이 걸렸다.

"친목이나 도모하자고 모인 게 아니다. 당연히 친분을 따져 가며 논할 일도 아니지. 놈들을 막지 못하면 이 세계는 사라지고, 그건 레온이 쓰러져도 마찬가지다. 그럼 레온 옆에 누구 있어야 할지도 명확해지지."

"그게 너라는 거냐?"

"그건 따져 봐야 알겠지만, 적어도 너는 아니라는 말이지."

미스트가 모어와 드미트리, 에단, 거기에 그제야 겨우 바쁜 일정을 마치고 합류한 카자드를 주욱 훑으며 대답했다.

그리고 이때, 세 기사와 카자드는 확실히 그 자리에 관심이 있다는 눈빛으로 태영을 바라보고 있었다.

—……인기 만발이군. 역시 사람은 힘과 권력이 있어야 해. 워트 녀석은 그렇다 쳐도, 일국의 국왕과 명성이 자자한 세 기사, 거기에 제국 최강의 마법사, 아니 이 세계의 수호자라는 녀석까지 저러는 걸 보면 말이야. 뭐 사내들뿐이라는 게 안타깝지만.

딱히 안타깝다는 생각은 들지 않았다.

사내인지 아닌지를 따지기 전에 그들이 얼마나 큰 도움이 될지는 익히 알고 있으니까.

같은 의미로 누구를 옆자리에 세우겠다고 물으면 대답하기 힘들었다.

"그보다, 우리는 뭘 하면 되나?"

그러나 이런 질문이라면 생각할 것도 없었다.

"기다리는 거죠."

지금 그들이 할 일은 이것뿐이었다.

그라디오스 후작이 데려온 병사들은 물론, 질리언이 데려온 병사들 역시 정예 중 정예.

그게 성장의 여지가 없다는 말은 아니지만, 남은 시간을 생각하면 차라리 다가올 전투에 대비해 휴식을 취하는 편이 낫다.

태영이 이틀 동안 훈련시켜 온 발테아르의 병사들도 마찬가지.

"훈련은 여기까지다. 이제 남은 시간은 가족과 함께 최대한 편하게 휴식을 취하며 기다린다."

태영은 그 자리에서 병력을 해산시켰다.

물론 쉬는 건 어디까지나 다가올 전투에 참전하는 병사들.

D-day가 코앞으로 다가온 만큼 발테아르의 국민을 피난시키거나, 대공망을 위해 건물을 개조, 혹은 군수물자를 찍어 내는 공장은 한층 더 바쁘게 돌아갔다.

그리고 다시 하루가 지났을 때.

"다 됐어요! 몇 번이나 테스트해서 제대로 작동되는지까지 확인을 끝냈어요! 준비 만전! 이제 그 보호막만 열리면 바로……."

"저도! 저도 보호막에 구멍을 뚫을 수 있는 결계 술식을 완성했어요!"

한지영과 멜리나가 퀭한 얼굴로 동시에 뛰어오며 소리쳤다.

-드디어…….

때가 됐다는 말이다.

"멜리나, 보호막에 술식을 새기는 데 얼마나 걸리지?"

"술식도 이미 새겨 놨어요."

"이미 새겼다고?"

"네, 보호막에 직접 술식을 그려 놓으면 그 자체만으로도 미세하게 마력의 흐름이 흐트러져 어떤 변수가 생길지 모르니까. 링 형태의 구조물을 만들어 미리 술식을 새겨 놨어요. 보호막에 부착해 바로 발동시킬 수 있도록 말이에요."

"성능은 내가 보장하지."

멜리나의 뒤로 퍼스트 해머가 다가오며 말했다.

그 뒤로는 십여 명의 드워프가 방금 멜리나가 말한, 무수한 술식이 빈틈없이 그려져 있는 링 모양의 금속체를 들고 오고 있었다.

"노블핸드에서 가장 순도 높은 미스릴로 내가 직접 두들겨서 만든 것이네. 술식에 문제가 있다면 모를까, 마력의 흐름에 영향이 생겨 결계가 발동하지 않는 일은 없을 거네."

"술식에 문제가 있을 리가 없잖아요!"

"물론 당연히 그래야지. 만에 하나라도 실수가 있다면 실수였다는 말로 끝나지 않을 상황이 벌어질 테니까. 어쨌든 거기에 마스터 이덕수가 직접 설계한 추진체와 보호막에 고정할 장치, 그리고 일이 끝난 뒤에 말끔하게 상황을 정리할 자폭 장치까지, 빈틈없이 준비해 두었네. 터널 링이라고 이름 붙였네."

이름 따위는 아무래도 상관없지만 어쨌든.

그 말대로 이계와 현대의 기술을 총동원해 만들어진 발사체였다.

퍼스트 해머와 드워프, 거기에 멀리서 아들과 함께 지켜보는 이덕수까지 퀭한 얼굴로 변해 버린 이유다.

"한 박사님, 보호막에 구멍이 뚫리고 인공위성과 접속해 원하는 정보를 얻을 때까지, 얼마나 걸리겠습니까?"

"그건 장담하기 어려워요. 일단 예전에 제가 알던 대로 인공위성이 이 지역 상공을 지나는 시기에 맞춰 이 시간대를 고른 거지만, 그때와는 환경이 다르니 데이터가 오가는 속도를 예측하기 힘들어요. 또 데이터를 지도로 변환해 해석하는 작업도 필요하고요. 빠르면 30분도 걸리지 않겠지만, 길면 1시간까지 걸릴지도 몰라요."

"결계를 작동시키는 즉시 연락을 보낼 테니 최대한 서둘러 주십시오."

"네, 저도 확인되는 대로 바로 연락할게요."

"부탁합니다."

한지영의 말에 태영이 고개를 끄덕이며 몸을 돌렸다.

그사이 터널 링의 드워프들의 손에 의해 공중 전함의 갑판으로 이동.

물론 터널 링만이 아니었다.

현재 발테아르는 앞서 말한 것과 같이 대대적인 개조를 통해 요새로 전환!

거기에 박 사단장의 주도하에 대공망을 구축해 두었지만, 이는 어디까지나 최후의 방어선이었다.

보호막까지 날아가 터널 링을 장착하고, 가동과 함께 쏟아져 들어올 놈들을 가장 먼저 맞이하게 될 것은 당연히 공중 전함 파이널 포트리스다.

"출정한다!"

태영이 5천의 병사와 함께 공중 전함에 승선하는 이유가 그 때문이었다.

그들은 현재 이곳에 집결한 발테아르의 병력을 포함해 약 1만 4천에 달하는 정예 병사에서 또 한 번 걸러 낸 최정예!

파이널 포트리스와 함께 최전방에서 놈들을 상대할 병사들이었다.

그러나…….

"카자드 경, 시작하지."

"네."

단숨에 부상과 함께 단숨에 구름을 뚫고 올라온 공중 전함의 갑판에서 태영의 말의 카자드가 고개를 끄덕이며 팔을 들어 올린 직후.

"저, 저게……."

"보호막이다! 얘기는 들었지만, 정말…… 우리 머리 위에 저런, 중앙대륙과 서방 대륙까지 덮을 정도로 거대한 보호막이 있다는 것도 충격적이지만……."

"더 충격적인 건 그 너머지."

"저놈들은 대체……."

"악마다. 생각하고 자시고 할 것도 없잖아. 악마 그 자체야."

"게다가 저 숫자는……."

"끔찍하군. 악몽을 꾸는 기분이야. 저런 놈들이 빈틈조차 보이지 않을 정도로 하늘을 뒤덮고 있는 장면이라니……."

병사들은 그제야 세계 멸망이라는 말을 실감하는 표정이 되었다.

"벽난로 앞이 그리워지는군."

심지어 그라디오스 후작마저도 살짝 질린 표정으로 푸념하듯이 중얼거릴 정도였다.

"하지만 좋아서 이 자리에 있는 사람은 없겠지. 저 병사들과 나, 그리고 자네도 포함해서 말이야. 물론 그렇다고 저들과 우리가 동등한 입장이라고 할 수는 없으니, 이대로 보고만 있어서는 안 되겠지. 안 그런가?"

물론이다.

"모두 들어라!"

이에 살짝 고개를 끄덕인 태영이 몸을 돌리며 소리쳤다.

"나는 병사들을 독려하는 말 따위는 모른다! 그러니 있는 그대로의 사실만 전하도록 하겠다! 일단 첫 번째, 지금 너희들이 보고 있는 놈들이 이제부터 우리가 맞서 싸워야 할 적이다! 그리고 두 번째, 우리가 지금 전력의 열 배가 넘는다고 해도 저놈들을 모두 상대해서는 이길 수 없다! 그래서 세 번째, 여기서 놈들을 막아야 한다는 것이다!"

술렁이던 갑판이 조용해졌다.

"그리고 할 수 있는 일이다! 곧 보호막에 구멍이 뚫리겠지만, 그 넓이는 고작 100여 미터. 놈들이 얼마나 되든 우리와 싸우게 될 건 100여 미터밖에 되지 않는 구멍으로 들어오는 적뿐이다!"

그리고 이어지는 말에 병사들의 얼굴에서 점차 당혹감이 걷히기 시작했다.

"따라서 굳이 힘내라는 말 따위는 하지 않겠다! 지금 이곳에 모여 있는 너희들은 대륙의 정예! 그조차 못하는 병사가 있다고는 생각하지 않기 때문이다!"

그 말처럼 그들은 정예.

무수히 전장을 경험해 본 병사들이고 당연히 방금 태영이 말한 것과 같은, 좁은 통로로 들어오는 적을 상대하는 게 어떤 의미인지 알고 있기 때문이다.

지식이 아닌 경험으로 말이다.

물론 그게 상공이고, 상대가 날개가 달린 놈들이라면 얘기는 꽤 달라지겠지만 어쨌든.

"하지만 이다음은 아니다. 우리가 최종적으로 쓰러뜨려야 하는 적은 따로 있고, 놈들과의 전투는 이번보다 더 힘들 것이다. 그러니까……."

말을 끊은 태영이 다시 악마 떼에 뒤덮인 하늘을 바라보며 말을 이었다.

"좋은 예행연습이 돼 주겠지."

"예행연습……."

크지 않은 목소리였지만, 그 말은 앞에 있는 병사들을 거쳐 갑판에 모인 병사 전체로 빠르게 퍼져 나갔다.

"전장에 선 병사는 지휘관의 말이 아닌, 감정을 공유하게 되는 법이지."

웃음 섞인 그라디오스 후작의 말대로다.

태영은 처음 말한 대로 병사들을 독려하기 위해 한 말이 아니다.

실제로 그렇게 생각하고 있었고, 그 말과 행동이 곧 병사들의 관점이 되었다.

"터널 링을 사출해라!"

"네, 발사!"

쿠콰콰콰-!

터널 링이 불길을 뿜으며 날아오른 건 그다음이었다.

발테아르 방어전

파캉-!

수십 미터 높이로 날아오른 터널 링이 둔탁한 울림과 함께 멈춰 섰다.

"터널 링, 위치에 고정 완료!"

당연히 병사들의 눈은 모두 터널 링에 집중되었다.

그 너머의 악마들도 마찬가지였다.

현재 보호막은 안에서는 물론, 밖에서도 내부를 들여다볼 수 있도록 유리처럼 변해 버린 상태.

공중 전함의 위쪽에 유난히 많은 놈이 다닥다닥 붙어 있고, 또 태영과 카자드 둘만 왔을 때와 확연하게 다른 반응을 보이는 이유가 그 때문이었다.

크아아아! 카카카칵!

위협적인 울음을 터뜨리며 보호막을 긁어 대는 놈들의 눈은 확실하게 바로 앞에서 멈춰 선 터널 링과 그 아래의 병사들에게 향해 있었다.

"마치 당장이라도 우리를 탈출해 구경하는 사람들을 찢어 버리고 싶어서 안달 난 짐승 같은 모양새로군."

"정작 갇혀 있던 건 이쪽인데 말입니다."

"내 말이. 불평이라면 우리 쪽에서 해야 하는 상황인데 말이야. 멋대로 남의 세계에 기어들어 와 난장판을 만들어 놓은 것도 모자라 저따위 태도라니, 날강도가 따로 없군."

"그런 놈들은 상대가 움찔하는 기색을 보일수록 더 기고만장하며 날뛰는 법이죠."

"움찔? 하! 그럴 리가 없지 않나?"

바로 앞에서 그런 장면을 지켜보면서도 마치 남의 일인 양 한가롭게까지 느껴지는 목소리로 모어와 대화를 나누던 그라디오스 후작이 입술을 바짝 추켜올렸다.

"여기에 있는 건 내가 직접 골라 온, 이 세계의 인간을 대표하는 병사들이다. 고작 저따위 위협에 움찔하는 녀석이 있을 리가 없지 않나?"

그 말대로였다.

아니, 그 말대로 되었다.

그 전까지 병사들은 어떤 표정으로 놈들을 바라봐야 할지조차 모르겠다는 얼굴이었지만, 그 말을 기점으로 확실히 전사의 얼굴로 변하기 시작했다.

이로써 준비 완료!

"결계 술식을 가동해라!"

태영의 눈짓을 받은 퍼스트 해머가 고개를 끄덕이며 소리쳤을 때였다.

위이이잉! 파지지지-!

터널 링 표면에서 무수한 기호가 빛을 뿜으며 떠올랐다.

동시에 그 중심의 공간의 스파크를 일으키며 격렬하게 흔들리기 시작했다. 그리고 점차 안정되듯이 가라앉다 스파크가 사라진 직후.

"놈들이…… 온다!"

쿠콰콰콰-!

누군가의 고함과 함께 놈들이 몰려 들어오기 시작했다.

마치 이미 오래전에 한계를 넘어 차오르던 댐에 갑자기 구멍이 뚫린 것처럼 터널 링 중심으로 터지듯 악마 떼가 밀려들어 왔다.

그러나 태영과 병사들은 그때까지도 여전히 놈들을 바라만 보고 있었다.

태영은 물론, 병사들도 알고 있었기 때문이다.

그들이 타고 있는 건 신대의 공중 전함 파이널 포트리스, 그 이름처럼 그저 상공에 떠 있을 뿐인 존재가 아니었고, 지금이야말로 그 힘을 발휘할 가장 좋은 타이밍이라는 것을 말이다.
"카자드!"
태영이 병사들이 모여 있는 갑판 중심부에 솟아 있는 원탁 앞에 서 있는 카자드를 돌아보며 소리쳤다.
그 원탁 위에는 홀로그램처럼 축소된 공중 전함의 모형이 떠 있었다.
카자드가 양팔로 좌우를 훑어 나가자 그 모형의 양옆에 붙은 포신이 수직으로 세워졌고, 그건 그대로 공중 전함에 적용되었다.
좌좌좌좌! 좌좌좌좌!
갑판 양옆에서 줄지어 수직으로 세워지는 30여 문의 포신!
"준비됐습니다!"
"그럼 뭘 더 기다려? 발사!"
투콰콰콰-!
이어지는 태영의 고함과 그 끝에서 30여 줄기의 섬광이 뿜어져 올라갔고…….
번쩍! 콰콰콰콰-!
태영과 병사들이 바라보는 곳이 거대한 폭광에 삼켜졌다.

어둠에 잠겨 있는 공간.

그 한쪽 벽은 울긋불긋한 살덩이로 뒤덮여 있었다.

두쿵! 두쿵!

마치 심장처럼 일정 간격으로 맥박치는, 그때마다 살덩이 내부에서 옅은 빛이 번지며 기괴한 형태의 실루엣을 떠올렸다.

하나가 아니었다.

높이만 100여 미터에 달하는 벽을 모두 뒤덮은 살덩이에는 무수한 돌기가 솟아 올라와 있었고, 그 모든 돌기 속에서 같은 실루엣을 떠올리고 있었다.

마치 태아와 같은 형상의 실루엣이었다.

그러나 다음의 맥박과 함께 떠올랐을 때는 이전보다 좀 더 커져 있었고, 다음 맥박 때는 돌기로밖에 보이지 않던 부위가 팔이나 다리처럼 좀 더 길게 자라 있었고, 다음 맥박 때는 그 뒤에 날개와 같은 것이 솟아나고 있었다.

"놀라운 속도군요."

검은 후드의 사내가 그 모습을 지켜보며 중얼거렸다.

그러자 그 옆에서 금색 문양이 새겨진 로브를 입은 사내, 퍼스트가 후드 아래로 드러난 입술을 추켜올리며 끄덕였다.

"그만큼 그 남자의 욕망이 강하다는 의미지. 또 신께서 우리와 함께하고 있다는 증거이기도 하고 말이야. 한낱 피조물에 불과한 존재가 위대한 신께 바칠 수 있는 건 욕망밖에 없으니까."

"세상 전부를 대가로 바쳐서라도 영생을 바라던 더러운 욕망이라도 말입니까?"

"더러운?"

퍼스트가 피식 웃었다.

"세상에 더럽지 않은 욕망이 있나?"

"글쎄요. 사람에 따라서는 이타적인 욕망도 있지 않겠습니까?"

"그런 식으로 구분하는 건 의미가 없다. 선악도 마찬가지지. 신은 인간의 기준으로 판단할 수 있는 존재가 아니다. 신은 그저 뜻한 대로 행하는 존재. 신께 바칠 수 있는 게 욕망뿐이라고 한 건 그래서다. 욕망이란 바라는 것을 이루지 못했을 때 생기는 것. 신과 가장 거리가 먼 감정이고, 신께서 유일하게 관심을 가질 만한 감정이니까. 그리고…… 안타깝게도 인간의 욕망이란 더러울수록 강한 법이지."

"그럼 혹시 신께서 굳이 이렇게 번거로운 방법을 사용하시는 것도……."

"나도 모르지. 내가 아는 건 하나뿐이다. 억겁의 시간 동안 그래 왔듯이, 이번에도 신의 뜻대로 이루어지리라는 것이지."

퍼스트가 옅은 미소를 지으며 대답했을 때였다.

"퍼스트 님!"

뒤에서 한 사내가 뛰어 들어왔다.

"하늘에서 예상하지 못했던 일이 벌어졌습니다!"
"하늘?"
"네, 하늘 위에서 갑자기 마병들이 나타나기 시작했습니다."
"장벽이 사라졌다는 말인가?"
"그건 아닌 것 같습니다. 분명 마병들이 보이고, 마병들 역시 저희가 보이는 것 같지만, 접근해 오지는 못하고 있습니다."
"흠……."
이어지는 말에 퍼스트가 미간을 좁히며 침음을 흘렸다.
"그렇다면 답은 하나밖에 없겠군. 현시점에서 그 장벽에 손을 댈 수 있는 존재는 하나밖에 없으니까. 그동안 꽁꽁 숨어 있던 이쪽 세계의 수호자가 뭔가 하고 있다는 말이겠지."
"그럼 저희도 뭔가 대응해야 하지 않겠습니까?"
"그럴 필요는 없다."
퍼스트가 고개를 저었다.
"인제 와서 놈이 뭔가 한다고 달라지는 건 없다."
"아니, 하지만……."
"물론 놈도 아무 생각 없이 이런 짓을 하지는 않았을 테니 뭔가 꿍꿍이가 있겠지. 아마도 제 딴에는 승산이 있다고 생각하고 있을지도 모르고. 하지만 그래도 마찬가지다. 놈이 어떤 꿍꿍이를 꾸미든 결국 마지막에 올 곳은 여기일 테니까. 그러니 장벽 하나 세워 두고 숨어 있던 놈의 행동에 일일이 반응할 필요는 없다는 생각하지만……."

퍼스트가 몸을 돌려 살덩이를 돌아보았다.

그리고 다시 슬쩍 시선을 돌려 좀 전까지 대화를 나누던 사내를 돌아보았다.

"좀 더 서두를 필요는 있겠군."

"알겠습니다."

사내가 고개를 끄덕이며 단검을 뽑아 들었다.

"모든 것은 신의 뜻대로."

푸확-!

그리고 그 말을 끝으로 그대로 자신의 목을 갈랐다.

그러나 퍼스트는 아무런 감정도 떠오르지 않는 표정으로 시선을 돌렸고, 보고하러 왔던 사내 역시 마찬가지였다.

"조직원들에게 전하고 따르도록 하겠습니다."

사내가 담담한 목소리로 말하며 돌아 나가고 얼마 지나지 않았을 때였다.

두쿵! 두쿵!

살덩이의 맥박이 빨라지기 시작했다.

콰콰콰쾅-!

공중 전함의 좌측에 줄지어 솟아 있는 포신이 연이어 섬광을 뿜어 올렸다.

선수에서부터 선미까지 차례대로.

콰콰콰쾅—!

그리고 그 끝에 도달했을 때, 마치 연결되듯이 우측에서 섬광이 뿜어 올라가기 시작했다.

아무리 파이널 포트리스라도 섬광포를 기관총처럼 난사하기는 무리.

재충전까지의 시차를 없애기 위해 단발로 나눠 공격하는 것이지만, 애초에 30문이나 되는 섬광포를 동시에 발사할 필요도 없었다.

놈들이 들어올 수 있는 유일한 통로는 터널 링으로 만든 100여 미터 넓이의 구멍.

당연히 한 번에 몰려 들어올 수 있는 숫자도 제한적일 수밖에 없었고, 그 정도로는 단발의 섬광포도 제대로 뚫지 못했다.

—하! 이거 뭐 그냥 쏘는 족족 흔적도 없이 사라지는군. 이 전함의 섬광포가 말도 안 되게 강한 건지, 그냥 저놈들이 약한 건지 모르겠지만, 이런 분위기면 우리는 그냥 여기서 보고만 있어도 되는 거 아니야?

그러나 그리모어의 말처럼 될 수는 없었다.

그것도 몇 가지나 되는 이유가 있었지만, 가장 중요한 건 터널 링의 구멍은 놈들이 들어오라고 만든 게 아니라는 점이다.

당연히 인공위성과 접속해 데이터를 주고받을 통로를 확보하기 위한 구멍이다.

그래서 안 된다는 말이다.

콰콰콰쾅—!

아무리 전파라도 이렇게 쉴 틈 없이 폭발이 일어나는 곳을 통과할 수 있을 리가 없으니까.

그럼에도 구멍에 포격을 쏟아붓는 이유는, 그럼에도 무리였기 때문이다.

놈들은 말 그대로 하늘을 뒤덮은 숫자.

이미 수십 번의 포격으로 수백 마리가 박살 나도 그 너머로 몰려드는 놈들은 줄어드는 기미조차 보이지 않았다.

그 앞으로 떠밀리듯 쏟아져 들어오는 놈들도 마찬가지.

놈들은 되레 점점 더 많이 몰려 들어오고 있었고, 놈들의 몸 자체가 방패. 놈들은 넘쳐 나는 숫자로 폭광을 밀어붙이듯이 점차 더 깊이 들어오고 있었다.

'저놈들 머리는 장식인가? 놈들이 겁먹고 도망가 주기까지 바란 건 아니지만, 이렇게까지 앞뒤 보지 않고 계속 쏟아져 들어오다니…… 아니, 뭐 어쩔 수 없지. 놈들이 어떻게 나오든 한 마리라도 더 줄여 두면 도움이 되는 건 분명하니까.'

일단 이런 생각으로 포격을 하고 있지만.

"놈들이 들어왔다!"

결국, 이렇게 될 수밖에 없다는 말이다.

"맙소사! 몸으로 저 폭광을 밀어붙이며 들어오다니……."

그리고 이어지는 누군가의 말과 함께 덩어리로 뭉친 채 폭광을 밀어붙이며 들어온 놈들이 사방으로 퍼지며 산개!

다시 확 조이듯 공중 전함을 향해 몰려들었다.

그러나 앞서 말했듯이 결과적으로는 이런 상황이 되리라는 것은 이미 알고 있던 일이었다.

"이, 이런……."

다른 사람은 몰라도 적어도 태영과 카자드는.

"카자드!"

그리고 태영의 고함에 카자드가 손이 테이블 위의 모형을 훑었을 때였다.

모형이 구체에 덮이는 것과 동시에 공중 전함의 주위에도 벌집처럼 무수한 육각체로 이루어진 구체가 떠올랐다.

공중 전함에 파이널 포트리스, 최후의 요새라는 이름이 붙어 있는 이유가 바로 이것!

전함을 통째로 감싸는 성벽과도 같은 보호막이었다.

그러나, 아니 당연히 그게 이제부터는 몸빵만 하며 버티기 모드로 돌입했다는 의미는 아니었다.

카카카칵!

사방에서 날아든 놈들이 보호막을 긁어 대기 시작했을 때.

"전군, 영격 준비!"

이어지는 태영의 고함에 카자드의 손이 이번에는 모형을 덮은 구체의 양쪽 끝을 주욱 그으며 지나갔다.

그러자 그 부위, 갑판 위에서 검을 뽑아 드는 병사들의 앞에서 방어막을 이루고 있던 육각형이 일렬로 회전하며 사라졌다.

"공격!"

좌좌좌좌—!

뒤이어 그 틈으로 쏟아져 나가는 검기!

공중 전함이 보호막에 뒤덮이자, 아니 보호막에 없었어도 마찬가지였겠지만, 마구잡이로 달려들던 놈들은 일시에 뿜어져 나오는 수천의 검기에 휩싸였다.

그리고 이미 놈들이 직접 그 몸으로 증명한 것처럼 물량에는 장사가 없는 법.

만만치 않게 생긴 외모처럼 놈들은 최정예 병사의 검기에 적중되고도 생채기 정도밖에 생기지 않았지만, 또! 또! 또!

깐 데 또 까고, 또 깐 데 또 까는 검기에 결국 걸레처럼 찢어지며 추락했다.

공중 전함도, 아니 카자드도 놀고만 있지는 않았다.

좌라라락—!

전후좌우로 빠르기 움직이는 섬광포 앞에서 연이어 회전

하며 사라지는 보호막!

콰쾅! 콰쾅! 콰쾅!

그 틈으로 섬광이 뿜어질 때마다 무리를 지어 날아다니던 놈들이 폭광에 휩싸이며 증발했다.

동시에 10여 대의 섬광포를 움직여 놈들을 조준하고, 그 위치의 보호막을 해제하고, 발사와 동시에 다시 보호막을 닫는 것까지.

모형을 통해 공중 전함을 조작하는 카자드 혼자 하는 것이다.

뭐 그 탓에 양팔을 미친 듯이 휘둘러 대야 했고, 그 덕을 보고 있는 사람의 눈에도 그리 좋은 모양새로 보이지는 않았지만 어쨌든.

-주인은? 이대로 여기서 공격만 외쳐 대고 있을 건가?

"물론 아니지."

태영이 그리모어를 움켜쥐며 대답했다.

콰쾅! 콰쾅! 촤촤촤촤!

굉음을 일으키며 뻗어 나오는 섬광과 그 뒤를 따라 소나기처럼 뿜어지는 검기! 검기! 검기!

공중 전함 파이널 포트리스의 섬광포와 병사들이 날리는

검기였고, 그때마다 수십 마리의 악마가 갈가리 찢기며 떨어졌다.

그러나 그게 전황이 좋다는 의미는 아니었다.

놈들이 밀고 들어오는 것과 동시에 터널 링은 사실상 무방비 상태나 다름없는 상황.

그 아래로 쏟아져 들어오는 놈들은 거대한 기둥처럼 보일 정도였다.

당연히 공중 전함 주위의 숫자도 꾸준히 증가!

크아아아—!

"이, 이런! 놈이 들어온다!"

곧 그 넘치는 숫자로 검기의 폭격을 뚫고 보호막 틈으로 기어들어 오는 놈도 생기기 시작했다.

"그쪽은 잠시 봉쇄한다!"

칭—!

뭐 카자드의 빠른 대처로 당혹성을 터뜨리는 병사 앞에서 상체를 들이밀던 놈은 보호막에 끼어 그대로 반 토막이 났지만, 거기까지였다.

"이, 이쪽도 들어온다!"

"여기도 파고들어 오고 있습니다!"

마치 그게 신호가 된 듯이 곳곳에서 들려오는 목소리!

아무리 카자드라도 동시에 그 모든 상황에 대처할 수는 없었다. 아니, 굳이 카자드 혼자 대처해야 하는 일도 아니었다.

"역시 이대로 지켜보는 것만으로 끝나 주지는 않는군. 그리 달가운 상황이라고 할 수는 없지만, 지금은 내가 할 수 있는 일이 있다는 걸 다행으로 생각해야겠지."

그라디오스 후작이 괜히 타고 있는 게 아니다.

전사로서의 그는, 물론 지금 공중 전함에 타고 있는 병사들과 비교했을 때이기는 하지만, 잘 쳐줘야 중상 수준이다.

"이미 놈들을 진입을 허용한 병사는 무리해서 막으려고 하지 말고 바로 옆으로 이동, 동료의 요격에 화력을 더해 줘라! 갑판으로 들어오는 놈들은 특기대가 맡는다! 특기대, 놈들은 비행 몬스터지만, 싸우는 방식은 되레 접근전에 특화되어 있다! 방심하지 말고 10명씩 조를 짜서 신속하게 놈들을 해치운다! 1, 2조는 우측 후미! 3, 4는 각각 우측 선수와 좌측 선수로……."

그러나 전황을 파악하고 적재적소로 병력을 움직이는 용병술은 만렙!

게다가 그라디오스 후작에게는 '꿰뚫는 검' 드미트리와 '뚫리지 않는 방패' 에단, 그리고…….

"여긴 막힌 길이다!"

콰직—!

단 한 번의, 그것도 일반 병사보다도 느리기 움직이는 검으로 수십 발의 검기를 뚫고 들어오는 놈을 일격에 갈라 버리는 '피할 수 없는 검' 모어가 있었다.

그들은 어디에 던져 놔도 제 역할을 해내는 그라디오스 후작의 가진 최강의 패!

그라디오스 후작이 이런 상황을 대비해 조직해 둔 특기대와 그 세 기사를 상황에 맞춰 적재적소에 투입하기 시작했다.

"과연 그라디오스 후작이군. 나로서는 이렇게 병력이 밀집해 있는 곳에서 그처럼 정확하게 사태를 파악하고 병력을 움직이는 건 무리겠지. 하지만 휘하 기사의 수준만큼은 밀리지 않는다고 자부할 수 있다. 자레드 경, 흑철 기사단과 함께 그라디오스 후작의 특기대를 보조해라! 물론, 보조만 하라는 말은 아니다."

"네, 폐하!"

거기에 노월 왕국의 최정예 흑철 기사단의 가세!

질리언의 말대로 특기대에 꿀리지 않는 전투력을 선보이며 기어들어 오는 악마를 격파해 나가자 병사들이 빠르게 안정을 되찾았다.

-딱히 더할 필요도 없겠지만…… 우리 쪽은 뭐 없냐?

"물론 있지."

그리모어의 말에 태영이 피식 웃으며 고개를 들어 올렸다.

위협이 되는 건 보호막 사이로 기어들어 오는 놈들만이 아니기 때문이다.

카카카칵!

그 위에서 들려오는 마찰음!

놈들은 터널 링이 작동하기 전에 본 장면처럼 공중 전함의 보호막에 밖이 보이지 않을 정도로 다닥다닥 붙어 있었고, 또 그때처럼 보호막을 긁어 대고 있었다.

그때와 다른 점이 있다면 하나.

지직! 지지지직!

곳곳에서 번지는 균열이 말해 주듯 대지의 힘으로 만들어진 보호막과 달리 공중 전함의 보호막은 파괴 불가의 보호막은 아니라는 점이다.

그러나 병사나 섬광포로 보호막에 붙어 있는 놈들을 떼어내기는 무리!

–그럼…….

"뭘 물어? 답은 이미 나와 있잖아."

태영이 여기서 공격만 외쳐 댈 생각이 없다고 말한 게 바로 그런 의미였다.

"카자드!"

태영이 돌아보는 카자드도 그게 뭔지 알아챈 모양이다.

이에 카자드가 고개를 끄덕이며 모형의 윗부분으로 손을 움직이자 태영의 위쪽 보호막이 개방되었다.

크아? 크아아아–!

그리고 곧바로 놈들이 괴성을 터뜨리며 몰려들었을 때!

펑–!

폭음과 함께 터져 날아갔다.

문자 그대로 놈들을 폭발시키며 솟아오르는 사람은 태영이었다.

삐이이이-!

푸확-!

그리고 그 뒤를 따라 솟구쳐 올라오는 매와 검은 안개!

태영이 이쪽, 발테아르 쪽에도 보여 줄 만한 게 있다고 말한 게 바로 그들, 청영과 하덴, 그리고 데드릭과 뱀파이어 일족을 두고 한 말이었다.

"하덴, 데드릭, 할 일은 알고 있겠지?"

"물론입니다!"

"작전 따위는 없다! 할 수 있는 한 최대한 많이 죽여라!"

"복잡하지 않아서 좋군요. 그렇지 않아도 저희 뱀파이어와 악마, 어느 쪽이 더 강할지 궁금하던 참입니다. 지금까지 제가 주인님을 따라다니며 보고 들은 바에 의하면 아마도 우리가 살던 세계가 사라진 것도 저놈들이 관련되어 있을 터. 인제 와서 새삼 그 세계에 미련은 없지만, 그때 제가 저놈의 존재를 알았다면 어떻게 됐을지 말입니다. 이참에 확인해 보도록 하겠습니다. 데드릭, 가자!"

푸확-!

그리고 다시 검은 안개로 변해 날아가는 하덴과 뱀파이어들은 확실히 보여 주었다.

"크하하하! 고작 이거냐? 생긴 것답지 않게 약해 빠진 놈들이구나! 이게 전부라면 이참에 내 세계의 복수를 해 주겠다! 얼마든지 와라!"

아니, 확실히 보여 주는 건 이 녀석, 곳곳을 날아다니며 사람으로 변할 때마다 여지없이 악마를 갈라 놓는 하덴뿐이었다.

데드릭과 다른 뱀파이어는 셋이 달라붙어야 겨우 한 마리를 상대할 수 있는 수준이었다.

그러나 딱히 상관없었다.

"데드릭, 놈들을 유인해 한곳으로 모아라!"

데드릭과 뱀파이어는 보조.

발테아르의, 아니 놈들과 맞서는 이 세계의 주전력은 바로 태영이니까.

"됐어! 이제 물러나라! 타키온!"

위이이잉- 콰콰콰콰!

그건 이런 장면을 보면 누구라도 인정할 수밖에 없었다.

공중 전함의 보호막 위를 섬광처럼 가로지르는 태영의 앞을 휩쓰는 20여 미터의 검광!

광마력으로 펼친 광속의 발도술, '타키온'이었다.

그리고 그 위력은 검광이 휩쓸고 지나간 자리에서 검은 핏자국을 남기며 굴러떨어지는 수십 마리의 악마가 보여 주는 장면 그대로였다.

"저, 저게 원정 내내 그라디오스 후작님이 말해 왔던 레온 공왕……."

"마, 말도 안 돼."

그 아래에서 병사들이 신음 같은 목소리로 중얼거렸다.

"서방 대륙에서 사라졌다가 돌아오신 이후에 이전보다 더 강해졌다는 건 알고 있었지만…… 모어조차 두세 마리를 상대하기 힘든 놈들을 일격에……."

"아니, 왜 갑자기 저기에 저를 갖다 붙입니까? 두세 마리만 붙어도 헥헥대는 건 형님도 마찬가지 아닙니까?"

"너 인마, 예전에 공왕님에게 대련을 신청한 적 있다며?"

"아니, 그거야……."

"뭐 저분은 이제 공왕님이 정말 대련할 기회는 없겠지만, 설사 하게 된다고 해도 걱정하지 마라. 베라드 가문은 어차피 내가 잇게 될 테니까."

심지어 그라디오스 후작의 최강의 패라는 모어와 드미트리도 더는 태영을 사람으로 안 보는 눈으로 바라보며 이런 말을 하고 있었고.

"나는……."

심지어 직속 부하인 하덴도 웃음기가 사라진 얼굴로 떠듬대고 있었다.

-뭐 저런 것도 새삼스럽지 않지만, 의욕은 생기는군. 이대로 분위기를 타고 자바워크까지 발동시키면 더 재미있는 반응을 볼 수

있을 것 같은데 말이야.

그러나 분위기를 타자고 일부러 넉넉하지도 않은 연료를 태워 가며 '자바워크'까지 발동할 생각은 들지 않았다.

필살기는 필요한 때와 장소가 따로 있는 법.

태영도 아직 앞으로 어떻게 될지는 모르지만, 적어도 그게 지금, 이딴 놈들은 아니었다.

어차피 지금의 힘으로도 놈들을 썰기에는 조금의 걸림돌도 없으니까.

"타키온!"

위이이잉- 콰콰콰콰!

그리모어가 뽑혀 나올 때마다 수십 마리 단위로 절단!

태영이 20여 미터 넓이를 휩쓰는 검광을 연이어 날리며 질주하자 보호막에 다닥다닥 붙어 있던 놈들은 불과 몇 분 만에 사라졌다.

뭐 대신 피와 살점 따위가 엉겨 붙어 더 지저분해지기는 했지만 어쨌든.

그런 걸 보니 놈들도 느끼는 바가 있는 모양이다.

끼야아아아-!

군데군데 남아 있던 놈들은 괴성과 터뜨리며 상승!

떼지어 몰려다니는 놈들과 합류해 치고 빠지는 방식으로 대응하기 시작했다.

그러나 그것도 잠깐이었다.

"청영!"

삐이이이-!

뒤이은 태영의 부름이 날카로운 울음을 터뜨리며 날아오는 청영은…….

"공왕님은 그렇다 쳐도 공왕님이 키우는 매까지 일격에 놈들을 꿰뚫을 정도의 힘을 가지고 있다니…… 그럼 대체 한 놈도 제대로 상대하지 못하는 우리는……."

"그래도 명색이 상급 기사인데……."

앞을 막는 놈들을 그대로 꿰뚫고 있었다.

태영이 디스바로스의 정신세계에서 찾아온 힘의 파편으로 진화하며 얻은 '돌파' 스킬이었다.

그리고 동시에 '천조의 울음'이 한 단계 더 상승.

가까운 거리라면 청영을 보며 푸념처럼 중얼거리는 기사들도 제대로 상대하지 못하는 놈들마저 혼란에 빠뜨리는 '천조의 포효'를 얻었고, 좀비 떼의 습격을 받을 때 새 떼를 불러온 '왕의 부름'도 익혔다.

그러나 당시 태영과 청영을 기쁘게 한 건 따로 있었다.

바로 커졌다는 것이다.

그때의 진화로 본래 50~60센티미터였던 몸이 약 1미터로. 게다가 꼭 몸집이 커져서만은 아니겠지만, 그만큼 나는 힘도 상승했다.

태영을 태우고 날아다닐 수 있을 정도로 말이다.

이에 몸을 날린 태영은 스치듯 날아가는 청영의 등에 착지! 마치 보드를 타듯이 하늘을 가르며 솟아 올라갔다.

"라이트 웨이브!"

그리고 그 앞으로 부챗살처럼 퍼져 날아가는 검기!

퍼퍼퍼펑-!

광마력에 의해 다섯 줄기로 늘어난 덕에 떼지어 몰려오는 놈들도 한순간이었다.

간간이 검기 사이에서 운 좋게 살아남아 떨어져 나오는 놈들도 전혀 문제가 되지 않았다.

상황에 따라서는 잠시 청영과 분리.

팡! 팡! 팡! 서걱!

태영은 '에어 워크'를 밟으며 놈을 갈라놓았고, 그사이 청영은 청영대로 반대쪽으로 도망가는 놈을 '돌파'!

그리고 다시 합체하며 그 틈을 노리고 무리 지어 날아오는 놈들도 돌파!

그 둘을 막을 수 있는 놈은 없었다.

태영이 지나간 자리는 마치 지우개로 지운 것처럼 텅 비어버린 공간에서 조각난 악마 떼의 시체만 우수수 떨어질 뿐이었다.

문제는 그럼에도 놈들의 숫자가 줄어드는 기미도 보이지 않는다는 것이다.

아니, 되레 더 늘어나고 있었다.

물론 그게 큰 문제라고는 할 수 없었다.

태영이 무대를 하늘로 옮기자 놈들은 다시 공중 전함의 보호막을 공격하기 시작했지만, 한번 순식간에 청소 당해 본 경험 탓인지 이전처럼 다닥다닥 달라붙지는 않았다.

대신 급강하해 치고 빠지는 공격 방식을 사용하고 있었지만, 그 정도로는 보호막에 큰 타격을 입히지 못했다.

덕분에 부담이 줄어든 공중 전함과 병사들은 공격에 집중!

콰쾅! 콰쾅! 촤촤촤촤!

터널 링으로 쏟아져 들어오는 놈들 주위를 비행하며 폭격을 퍼부어 대고 있었다.

'이런 상황이라면 놈들이 더 늘어난다고 해도 나나 파이널 포트리스가 위험한 상황에 빠질 일은 없어.'

신경 쓰이는 건 놈들도 그렇게 생각하기 시작했다는 점이다.

놈들의 움직임만 봐도 알 수 있었다.

처음에는 그야말로 묻지도 따지지도 않고 돌진만 하던 놈들이 태영이 무대를 하늘로 옮긴 뒤부터는 꽤 조직적으로 날아다니고 있었다.

-……양동 작전인가?

뭐 그렇다고 작전이라는 말까지 쓸 정도는 아니었다.

놈들이 그렇게 제 딴에는 태영과 공중 전함의 발을 묶어 놨다고 생각하는 사이, 무리에서 떨어져 나온 놈들이 어디로 향하는지는 뻔히 보이니까.

바로…….

"청영!"

태영이 시선을 돌리며 소리쳤다.

그 이상의 말은 필요하지 않았다. 청영의 등에 타고 있으니 굳이 시야를 공유하고 있지는 않지만, 의식은 상시 공유.

어디로, 어떻게 움직여야 하는지는 굳이 말로 전할 필요가 없었다.

삐이이이-!

이에 청영은 긴 울음을 토하며 선회!

방향을 전환하며 대각선 아래로 보이는 구름 속을 이동하는 놈들을 향해 내리꽂혔다.

당연히 조금 전 태영에게 찍힌 놈들이다.

그리고 의식은 상시 공유라고 말했듯이 태영의 생각은 곧 청영의 생각. 이는 곧 청영에게도 찍혔다는 의미고, 그것으로 놈들의 운명은 결정되었다.

끼아아악-!

태영이 접근하자 놈들이 괴성을 터뜨리며 흩어졌지만, 청영은 기다렸다는 듯이 가속하며 추격!

펑! 펑! 펑! 펑!

놈들이 질러 댄 괴성은 그대로 최후의 비명이 되었다.

반격도 없었다.

-뭐랄까…… 저건 너무 노골적이잖아.

반격은커녕 그리모어의 말대로 놈들은 노골적으로 태영을 피하고 있었다.

-뭐 이해는 되지. 아무리 대가리 속이 텅 비었어도 일격에 수십 마리씩 죽어 나가는 걸 몇 번씩이나 보게 되면 무턱대고 달려드는 게 얼마나 멍청한 짓인지 정도는 알 수 있을 테니까.

이유는 당연히 이쪽이다.

태영이 밖으로 나온 뒤에도 놈들은 여전히 공중 전함을 향해서도 공격을 퍼붓고 있었다.

그리고 죽어 나가는 놈들의 숫자는 당연히 그쪽이 더 많았다.

또 그렇게 많은 놈이 죽어 나가며 공격을 퍼부어도 아직 이렇다 할 성과를 내지 못하고 있는 것도 마찬가지였다.

그러나 적어도 그쪽은 가망은 있었다.

물론 태영은 그것도 놈들의 착각이라고 생각하지만 어쨌든, 공중 전함은 방어막을 긁거나 검기를 뚫고 내부로 난입하는 등, 일단 전투라고 부를 만한 상황이 전개되는 것이다.

그러나 태영 쪽은 아니었다.

10마리든 100마리든 마찬가지였다.

걸리는 시간이 다를 뿐, 그 뒤에 벌어지는 장면과 결과는 다르지 않았다.

퍼퍼퍼펑—!

난무하는 섬광 속에서 폭죽처럼 터져 나갈 뿐이다.

물론 그동안 놈들도 터져 나가기만 한 것은 아니었다.

그리모어의 말처럼 머리가 텅텅 빈 건 아닌지라 몇 번이나 넘치는 머릿수로 태영을 겹겹이 에워싸고 파상공세를 펼치려고 시도한 적도 있었다.

그러나 시도뿐이었다.

북경에서 좀비 떼의 습격을 받을 때와는 다르기 때문이다.

지금은 상공이고 태영은 단기필마, 홀몸인 만큼 공중 전함과는 수준이 다른 기동력을 발휘할 수 있으니까.

게다가 그 무위도 압도적!

따라서 놈들 가운데 태영을 막아 세울 수 있는 놈이 없는 한 포위는 무리.

몇 겹의 포위망이든 만드는 족족 뻥뻥 뚫리며 죽어 나갈 뿐이었다.

그 결과가 방금 태영이 들어온 구름 속에서 보는 장면이었다.

들어오기 전에도 눈치채고 있었지만, 예상보다 많은 놈이 떼지어 구름을 가로지르고 있었다.

이유는 명확했다.

공중 전함은 아무리 두들겨 대도 끄떡없고, 태영은 아예 두들기지도 못하니까.

아마 놈들은 돌파구를 찾고 있었을 것이고, 이제야 알아챈 것이다.

멀지 않은 곳에 놈들이 파괴 본능을 발산할 수 있는 더 만만한 대상이 있다는 사실을 말이다.

바로 놈들이 가로지르는 구름 아래, 발테아르다.

당연히 태영이 놈들을 따라 구름 속을 가로지르는 이유도 그 때문이다.

―……막을 수 있을까?

그러나 그 질문에 대답할 사람은 태영이 아니었다.

"박 사단장님!"

바로 이쪽, 태영이 발테아르 방어의 전권을 위임한 지휘관이었다.

"놈들이 발테아르로 향하고 있습니다!"

―네, 저도 보고 있습니다. 이미 꽤 많은 놈이 구름 아래로 모습을 드러내고 있습니다. 걱정하지 마십시오. 지시하신 대로 준비는 모두 끝내놨습니다.

박 사단장은 통신기를 통해 든든한 목소리의 대답을 들려주었다.

그리고…….

―그보다 지금 공왕님은 어디에 계십니까?

"놈들을 따라가고 있습니다."

-그럼 일단 놈들과 거리를 둬 주십시오. 특히 놈들의 바로 뒤는 안 됩니다.

태영의 대답에 박 사단장이 다급한 목소리로 말했다.

-위험합니다.

그리고 몇 초 뒤 다시 통신기에서 박 사단장의 목소리가 흘러나왔을 때였다.

콰콰콰쾅-!

그 아래에서 터져 올라오는 폭음!

그게 어떤 폭음인지는 구름을 뚫고 나오는 순간 바로 알 수 있었다.

아니, 폭음이 울리기 전부터 알고 있었다.

태영이 지시하고, 또 공중 전함에 터널 링을 싣고 날아오르기 전에 직접 확인까지 했으니까.

놈들이 향하던 발테아르의 끝자리에 자리 잡은 왕성에 설치된 수십 기의 포대와 그 주위를 에워싸듯이 배치되어 있는 20여 대의 K-1 자주포를 말이다.

그러나 그것만으로는 충분하지 않았다.

놈들은 상급 기사의 검기라도 찰과상 정도밖에 입히지 못하는 놈들.

직격이라면 모를까, 폭발만으로는 충분한 대미지를 입히기 힘들다. 박 사단장이 남양주에서 싣고 온 포탄 그대로였다면 말이다.

그러나 이건 예정되어 있던 전투였고, 그 상대가 어떤 놈들인지도 알고 있었다.

그만한 준비가 뒤따르는 건 당연한 일.

그래서 태영은 병사들을 훈련시키는 사이에도 쉬지 않고 넣어 왔다.

태영이 놈들을 두부처럼 써는 데 사용하는 광마력을, 방금 박 사단장 휘하의 포병대가 날린 포탄에 말이다.

그 결과가 구름을 뚫고 나오는 태영의 앞에서 펼쳐지는 광경이었다.

뿌옇게 퍼지는 폭연 아래로 걸레처럼 찢어진 채 피를 뿌리며 우수수 떨어지는 악마 떼!

끼야아아아-!

-그래, 뭐 비명도 나오겠지. 나도 이 정도일 줄은 몰랐으니까. 아쉽게도 결정적인 장면을 보지 못해 정밀도가 높아서인지, 주인의 불어 넣은 광마력이 대단해서인지는 모르겠지만.

어느 쪽이든 상관없다.

중요한 건 애쓴 만큼, 아니 그 이상의 효과를 보여 주고 있다는 것이니까.

콰콰콰쾅-!

포성이 울릴 때마다 우수수 떨어지는 놈들이 말이다.

물론 그게 놈들이 기대하던 결과는 아닐 것이다.

그러니 뒤따르던 놈들이 질러 대는 괴성은 그리모어의 말처럼 비명일 확률이 높지만, 놈들도 마냥 그러고 있지만은 않았다.

공중 전함의 포격을 받으며 터널 링을 통과할 때는 상황이 다르니까.

앞서 날아가던 놈들이 연이어 피 떡으로 변하며 추락하자 바로 산개! 왕성과 거리를 벌리며 발테아르 곳곳으로 강하하기 시작했다.

아니, 떨어졌다.

콰콰콰쾅! 투투투투!

놈들의 바로 아래에서 치솟아 올라오는 포화에 휩싸여서 말이다.

-참 재주도 좋은 놈들이군. 저놈들은 발테아르에 와 본 적도 없을 텐데 말이야. 어떻게 저렇게 정확히 제 죽을 자리를 찾아가는 거야?

"저놈들이 재주가 좋아서는 아니지."

-아니, 뭐 그야 그렇겠지만, 그럼 대체 뭐야? 저놈들이 날아가는 곳은 모두 주인이 확인했던 포대와 병사들이 배치된 곳이잖아. 그게 우연일 리는 없고, 저놈들이 찾아간 게 아니라면...... 그 박 사단장이라는 사람이 무슨 용한 점쟁이라도 된다는 말이야?

물론 그런 것도 아니다.

그리모어는 하늘을 처음 날아 봐서 아직 모를지도 모르지만, 하늘을 날 수 있다는 게 어디든 내릴 수 있다는 말은 아니다.

아니, 되레 날 수 있기에 내릴 때는 제약이 따르게 된다.

특히 발테아르처럼 계곡 사이에 자리 잡고, 고층 건물이 밀집해 있는 도시에서는 말이다.

놈들의 몸은 2미터 정도밖에 안 되지만, 날개를 펼치면 좌우로 4미터 이상이 되니까.

따라서 발테아르의 특수한 지형에 놈들의 신체 특성을 대입하면 놈들이 착륙을 시도할 장소도 어렵지 않게 예측할 수 있었다.

대공망 구축의 전문 교육을 받은 박 사단장 같은 사람이라면 말이다.

그리고 당연히 그곳에 포진한 병사들이 퍼붓는 포탄과 탄환도 평범한 포탄과 탄환이 아니었다.

물론 태영 혼자 그 모두에 광마력을 불어 넣을 수는 없었지만, 현재 발테아르에 집결한 1만 3천의 병사는 모두 마력이 철철 흘러넘치는 정예!

태영도 그 점을 인정해 따로 훈련도 시키지 않았으므로 할 일이 없어진 병사들은 모두 포탄과 탄환의 마력 주입에 동원되었다.

병사들이 그 탄환을 뿜어내는 곳도 평범한 건물이 아니었다.

발테아르의 건물은 90% 이상이 철근 콘크리트로 지어진 건물! 거기에 이번 전투를 대비한 개조를 거쳐 모두 벙커화된 건물이었다.

콰콰콰쾅! 투투투투!

이에 놈들은 어딘가의 게임처럼 벙커로 돌진하는 저글링 떼처럼 속속 격추!

그러나 공중 전함에서 때때로 놈들이 검기를 뚫고 난입했던 것처럼, 간간이 포화를 뚫고 들어오는 놈들도 있었다.

말했듯이 발테아르 곳곳에서 치솟는 포화는 왕성과 달리 태영의 광마력이 아닌, 기사들의 마력을 불어 넣은 것이니까, 그 위력도 기사의 검기 정도밖에 안 되기 때문이다.

뭐 더 큰 이유는 물량에는 장사가 없어서지만 어쨌든.

–주인, 저쪽…….

“그래, 나도 봤어. 청영, 가자!”

주위를 훑어보던 태영은 바로 10여 마리가 한데 뭉쳐 떨어진 곳으로 날아갔다.

“……문제없는 모양이군.”

그러나 이어지는 태영의 말대로였다.

“엇? 주인님!”

놀란 얼굴로 태영을 올려다보는 건 놈들이 아닌 발론, 정확히는 부하들과 함께 워 울프로 변신해 방금 떨어진 놈들을 밟아 대고 있는 발론이었다.

물론 그들만이 아니었다.

태영은 물론 박 사단장도 대공망만으로 놈들을 막을 수 있으리라고 생각하지 않았으니까.

말했듯이 공중 전함에 탑승한 병사는 5천.

나머지 8천의 병사는 놈들의 난입에 대비해 발테아르 전역에 배치되어 있었다.

물론 아무 데나 대충 흩어놓은 게 아니다.

그 역시 지형과 놈들의 전력을 예측해 적합한 장소에 적합한 인원을 배치해 두었다.

그리고 그 대부분은 박 사단장의 의견을 따랐지만, 특정 장소, 예를 들면 공장이나 발전 시설 같은 주요 건물이 있는 곳에는 태영이 가장 믿는 사람들을 지휘관으로 앉혀 두었다.

바로 서방 대륙의 원정으로 전사로서도, 지휘관으로서도 괄목한 성장을 보여 준 라르고와 하울, 일라, 다란과 그보다 더 큰 성장을 보여 준 워트와 리디아, 젬, 그리고 태영의 수제자, 정확히는 수제자를 자칭하는 베릴.

마지막으로 처음부터 그들과는 레벨이 달랐던 미스트다.

그러니까…….

"더 둘러볼 필요는 없겠군."

그럴 여유도 없었다.

공중 전함을 생각해도 그렇지만, 발테아르를 생각해서도.

"발론, 믿고 맡기겠다!"

"네, 감사합니다!"

삐이이이-!

발론의 대답을 끝으로 태영은 다시 울음을 터뜨리며 솟아오르는 청영을 타고 위로!

경로에 걸리는 놈들을 폭발시키듯이 관통하며 다시 구름 위로 올라왔다.

-……바퀴벌레냐?

그 몇 분 사이에 구름 위에는 그리모어의 말처럼 놈들이 엄청나게 불어나 있었다.

-잠깐 자리를 비운 사이에 또 저 모양이군.

그리고 공중 전함 역시 그리모어의 말처럼 저 모양, 보호막이 바퀴벌레처럼 불어난 놈들에게 완전히 뒤덮여 있었다.

"뭐 나로서는 나쁠 게 없지. 놈들이 슬슬 눈치를 보며 피할 때보다 저렇게 한데 모여 있는 편이 쓸어버리기 좋으니까."

이에 태영이 쾌재(?)를 부르며 공중 전함으로 날아갈 때였다.

푸화아아아-!

놈들 틈에서 백색 불길이 치솟아 올라왔다.

그리고 그대로 공중 전함의 보호막을 긁어 대는 놈들을 삼키며 퍼져 나갔다.

-저 불길은…….

"한 명밖에 없지. 수십 발의 검기도 버텨 내는 놈들을 한

순간에 재로 만들어 버릴 정도의 화력을 발휘하는 화염 마법을 사용할 수 있는 사람도, 또 저런 상황에서 밖으로 나와 그런 마법을 사용할 수 있는 사람도 말이야."

-……**카자드로군**.

당연히 숯으로 변해 우수수 떨어져 나가는 놈들 너머에서 떠오르는 사내는 그, 카자드였다.

그리고 그때, 반대쪽에서 보호막에 붙은 놈들을 휩쓸며 날아온 태영이 도착!

"어이, 전함을 조종하고 있어야 하는 거 아니야?"

"자동 대응 모드로 전환해 두었습니다."

"그런 기능도 있었어?"

"있죠. 제가 직접 조종할 때에 비하면 대응력이 꽤 떨어지지만, 어떤 분이 자리를 비워 버린 탓에 좀 전까지는 그런 걸 걱정할 상황이 아니어서 말입니다."

"놀다 온 게 아니야."

"물론 알죠. 하지만 공왕님이 돌아오셨다고 저도 다시 돌아갈 생각은 없습니다."

카자드가 양손으로 백색 불길을 일으키며 대답했다.

"저도 좀 답답했으니까."

부유성

"일단 저기부터 어떻게든 해야겠군요."

카자드가 터널 링 틈으로 폭포수처럼 쏟아져 들어오는 놈들을 돌아보며 말했다.

"할 수 있으면 좋겠지. 하지만 시작하기 전에도 말했듯이 저기는 인공위성과 접속할 수 있는 유일한 통로야. 한 박사의 말로는 전파도 마력의 영향을 받는다고 하고. 내가 저기를 직접 타격하지 않고 있던 이유도 그래서야. 내가 저 앞에서 마력을 사용하면 어떤 영향을 주게 될지 알 수 없으니까. 마법도 마찬가지야. 특히 너는, 잘은 몰라도 아마 방금 네가 저기를 바라보며 떠올리는 마법이 그냥 불덩이 하나 던지고 마는 마법은 아닌 것 같으니까."

"그렇긴 합니다."

태영의 말에 카자드가 고개를 끄덕였다.

그러나 그 양손에서 떠오른 백색 불길은 되레 더 격렬하게 활활 타올랐다.

"제가 아는 마법은 공왕님보다 많으니까요."

카자드가 그중 한 손을 꽉 움켜쥐며 말을 이었을 때였다.

불길이 마치 그 손에 흡수되듯이 사라졌다.

아니, 마치 빛으로 전환된 것처럼 백색으로 빛나는 마법 술식이 그 손에서부터 팔목을 따라 올라가듯이 떠오르는 순간!

콰콰콰콰—!

터널 링에서 옆으로 10여 미터 떨어진 지점에서 거대한 화염의 소용돌이가 일어났다.

그리고 카자드가 다른 손에 떠오른 불길을 움켜쥐었을 때.

콰콰콰콰—!

맞은편에서도 같은 화염의 소용돌이가 일어났다.

그 불길은 카자드의 손에서 치솟아 올라왔던 것과 같은, 100여 미터 이상 떨어진 태영조차 숨쉬기 어려울 정도의 초고열을 뿜어내는 백색 불길이었다.

하물며 두 개.

그것도 그 초고열을 발산하며 격렬한 기류를 일으키는 두 화염 소용돌이 사이가 어떨지는 상상조차 하기 힘들었다.

그리고 아마 그 사이로 쏟아져 들어오는 놈들도 모를 것이다.

터널 링을 통해 들어오는 족족 좌우로 갈라지며 화염의 소용돌이 속으로 휘말려 들어가 시커멓게 태워지고 있으니까.

"저게…… 마법이라고?"

"마, 말도 안 돼. 그런 마법은 들어 본 적도 없다고. 아무리 카자드 경이 제국 최강의 마법사라지만 저건……."

"카자드 경은 저런 수준의 마법까지 사용할 수 있었던 건가? 레온 공왕님도 그렇고…… 대체 우리는 어떤 사람들과 함께 싸우고 있는 거야?"

보호막 속에서 바라보는 병사들이 충격에 휩싸인 얼굴로 충격에 휩싸인 목소리를 흘렸다.

그러나 이때, 그 말속에서 카자드와 한데 묶인 태영도 그들만큼은 아니라도 놀란 얼굴로 카자드를 바라보고 있었다.

대부분의 회귀에서 카자드와 적대관계였던 만큼 그가 사용하는 마법도 속속들이 안다고 자부하는 태영도 이처럼 무지막지한 마법은 본 적이 없기 때문이다.

"이런 마법을……."

"쓸 수 있습니다, 지금은."

그러나 카자드는 대수롭지 않다는 표정으로 고개를 끄덕이며 대답했다.

"지금은?"

뒤따라붙는 말에 태영이 머리를 살짝 갸웃거리며 되물었다. 그러나 카자드는 더는 할 말이 없다는 얼굴로 몸을 돌리며 말했다.

“일부러 얘기할 정도로 대단한 일도 아닙니다. 하물며 지금 같은 상황이라면 더 그렇고요. 그러니 할 일부터 하죠.”

결국, 태영도 카자드를 따라 몸을 돌렸다.

-나 참, 저런 마법을 쓸 수 있으면서 왜 이제야 쓰는 거야? 뭐 저런 마법을 쓴다고 다 해결되는 건 아니지만, 진즉에 썼으면 더 편했을 거 아니야?

이런 의문도 안 드는 건 아니지만, 그리모어의 말대로 그런 마법을 썼다고 다 해결되는 게 아니기 때문이다.

일단 터널 링은 봉쇄했지만, 화염의 소용돌이도 계속 유지되는 것은 아닐 테고, 설사 계속 유지된다고 해도 이미 들어와 있는 놈들이 있으니까.

일단 놈들을 처리하는 게 먼저!

“좋아, 청영! 가자!”

삐이이이-!

태영은 다시 청영을 타고 놈들을 향해 뻗어 나갔다.

콰콰콰콰-!

그리고 그대로 한데 뭉쳐 있는 놈들을 박살 내며 돌파!

아마도 태영이 발테아르로 내려갔다 오는 사이에 놈들도 한 번쯤 물갈이가 됐겠지만, 여전히 태영의 돌진을 막을 수 있는 놈은 없었다.

그리고 그 돌진을 경험한 놈은 물론, 목격한 놈들의 반응도 이전 놈들과 같았다.

태영이 수십 마리로 뭉쳐 있던 놈들을 일격에 박살 낸 직후, 뿔뿔이 흩어져 회피하기 시작했다는 말이다.

그러나 그때와는 달랐다.

지금은 놈들을 일격에 박살 낼 수 있는 사람이 두 명으로 늘어난 것이다.

그리고 이 부분은 아직 확실하게 인정하기 싫지만…….

—그 사막밖에 없던 세계에 있을 때도 몇 번 생각했는데 주인과 저 녀석, 의외로 합이 잘 맞는 거 아니야?

그런 감이 없지 않았다.

카자드는 부유 마법으로 태영을 따라, 아니 꽤 거리가 있는 곳으로 날아갔지만, 마치 태영의 생각을 읽기라도 하는 것처럼 원하는 곳에서, 원하는 형태로 놈들을 몰아주었다.

물론 몰아주기만 하는 것은 아니다.

펑! 화르르륵! 번쩍—!

마치 사실은 지금까지 힘을 숨겨 왔고, 이 기회에 몽땅 보여 주겠다는 듯이 무지막지한 불과 얼음, 뇌전을 뿜어내며 놈들을 뭉개 놓았다.

물론 태영도 마찬가지.

새삼 꺼내 놓을 만한 숨겨 놓은 힘 같은 건 없지만, 같은 힘이라도 놈들을 쫓아다니며 사용할 때와 몰아주는 놈들을 상대로 쓸 때는 효과가 달라질 수밖에 없는 법.

카자드와 호흡을 맞추자 이전에 몇 배에 달하는 속도로 놈들을 처리해 나갈 수 있었다.

"대체 저건 뭐야? 지금 내가 뭘 보고 있는 거야?"

"저 녀석들, 세상을 멸망시키기 위해 온 놈들이라고 하지 않았어? 그런데 되레 놈들이 멸망할 기세잖아?"

"그냥 하는 말이 아니라 정말 저 두 사람이 쳐들어가면 되레 저놈들 세상을 멸망시킬 수도 있을 것 같군."

"그래, 저 두 사람은 이미……."

뭐 그 탓에 번번이 카자드와 한데 묶이게 되는 건 달갑지 않지만 어쨌든.

병사들도 그런 말이나 떠들어 대고 있던 건 아니었다.

"무슨 멍청한 소리를 떠들어 대고 있는 거냐? 저 두 사람이 지금 뭘 위해 저 많은 악마를 상대로 싸우고 있다고 생각하는 거냐?"

"우리다! 그리고 우리의 부모 형제, 친구를 위해 싸우고 있는 거다! 너희들은 그런 두 사람을 지켜보며 그런 말이나 떠들어 대기 위해 이 자리에 있는 거냐?"

공중 전함에 모여 있는 병사들은 마냥 그러고 있을 정도로 수준이 낮지도 않지만, 이 둘, 그라디오스 후작과 질리언이 그렇게 놔둘 리도 없었다.

"아닙니다!"

"그럼 어금니 꽉 깨물고 젖 먹던 힘까지 쥐어짜서 놈들을 격멸하라!"

"네! 공격하라!"

병사들도 우렁차게 대답하며 동참!

자동모드로 전환되어 중심부로 들어오는 공중 전함의 좌우로 소나기 같은 검기를 뿜어 댔다.

이에 놈들의 숫자는 빠르게 줄어들었다.

그러나 몇 분 뒤, 터널 링 양쪽에서 소용돌이를 일으키던 화염의 기세가 약해지자 주춤하던 놈들이 다시 쏟아져 들어오기 시작했다.

―……젠장, 정말 끝이 없군.

그러나 그게 꼭 그런 상황으로 이어진다는 의미는 아니었다.

그리모어가 불평하듯이 말한 직후.

―레온 님, 끝났어요! 몇 번이나 도중에 접속이 불안정해져서 시간이 걸렸지만, 아니 뭐가 됐든! 이제 인공위성에서 받은 데이터를 이미지로 전환해 확인까지 끝났어요! 놈들이 어디에 있는지 찾아냈다고요!

태영의 통신기에서 이런 한 박사의 목소리가 터져 나왔다.

따라서 이제 할 일은 하나!

"퍼스트 해머 님!"

"그래, 나도 연락받았네! 어이, 서둘러 자폭 장치를 발동시켜라!"

바로 방향을 틀어 공중 전함으로 날아가며 소리치는 태영의 귀에 퍼스트 해머의 우렁찬 목소리가 들려왔다.

퍼퍼퍼펑-!

동시에 터널 링이 폭발!

그 불길 속에서 보호막이 재생되며 줄기차게 들어오던 놈들이 뚝 끊어졌다.

마침내 상황이 종결된 것이다.

아니, 아직 살아남은 놈들이 꽤 있었지만, 당연히 그런 건 문제가 되지 않았다.

보호막이 닫히는 순간 놈들도 제 운명을 직감했는지 필사의 돌격을 감행해 오기 시작했으니까.

이에 놈들이 바라던 대로 바로 박살을 내 주고 공중 전함과 함께 발테아르로 귀환!

그곳에서 아직 돌아가는 상황을 파악하지 못하고 날아다니는 놈들까지 순식간에 정리하고 그라디오스 후작과 발투스 등과 함께 바로 연구소로 향했다.

"한 박사님!"

"모두 무사하군요! 다행이에요!"

"감사합니다. 하지만 지금은 그런 것보다……."

"네, 알고 있어요. 놈들의 위치 말이죠? 바로 여기예요!"

조급해하는 태영의 표정에 한지영이 바로 탁자 위에 펼쳐

놓은 지도의 한 부분을 가리키며 대답했다.

중앙대륙과 서방 대륙 사이의 바다에 섬처럼 찍혀 있는 점이었다.

"여기가 놈들이 있는 곳이라는 말입니까?"

"네, 이계의 지도와 우리 쪽 지도 어디에도 이 지점에 섬은 없었어요. 그래서 이 부분을 확대해서 출력해 봤죠. 이게 그거예요. 어때요? 틀림없죠?"

"……그런 것 같군요."

한지영의 말대로 의심의 여지가 없었다.

확대한 이미지로 보니 바로 알 수 있었다. 그게 바다가 아닌 하늘에 떠 있는 땅이라는 것과 그 중심에 거대한 성이 자리 잡고 있다는 걸 말이다.

급조한 프린터로 출력해서인지 군데군데 잉크가 번져 있고, 잘못 인쇄된 것인지 기괴하게 뒤틀려 있어 형태를 알아보고 힘들었지만, 굳이 명확한 이미지로 봐야 할 필요도 없었다.

분명 그 성이 북경에서 사라진 자금성!

"그럼 이제……."

"물론 가야지. 그러려고 터널 링으로 구멍까지 뚫어 가며 찾은 거니까."

위트의 말에 태영이 몸을 돌리며 대답했다.

"지금 바로."

“지, 지금 바로? 하지만…… 아니, 그게 최선이라는 건 알지만…….”

“무슨 말을 하고 싶은지는 알아. 하지만 네 말대로 그게 최선이다. 아니, 이건 선택의 문제가 아니야.”

놈들이 그런 곳에 떠 있는 이유 때문이다.

카자드의 말에 따르면, 아니 그 역시 디스바로스로부터 들은 말이지만 어쨌든, 아마도 자금성과 함께 그 거대한 땅덩어리를 띄우고 있는 건 마더.

사도를 낳는 존재다.

그리고 놈은 지금 이 순간에도 제 역할대로 사도를 불러내고 있을 터.

악마 떼와 병사들이 꽤 지쳐 있다는 것도, 또 준비가 필요한 일이라는 건 태영 역시 모르는 바는 아니지만, 그런 걸 하고 가는 게 마더가 한 마리라도 더 불러내기 전에 가는 것보다 유리하리라는 생각은 들지 않았다.

그러나 그것보다 더 중요한 이유는 바로 놈들의 위치.

놈들이 순간 이동으로 바다 한복판으로 이동해 오지는 않았을 터.

북경에 있던 놈들이 지금은 바다 한복판에 있는 것처럼, 다른 곳으로 이동하지 않는다는 보장이 없어서다.

“내 생각도 같네.”

“같이 가 주시겠습니까?”

"인제 와서 무슨 말인가? 솔직히 말하면 이번 일을 겪을수록 벽난로 앞의 브랜디 생각이 더 간절해지지만, 어차피 고작 닷새로는 제대로 즐길 수 없겠지. 그렇다고 무임승차 하고 싶은 생각도 없고 말이야."

"나도 끝까지 함께하겠네."

그라디오스 후작의 말에 질리언도 당연하다는 듯이 고개를 끄덕였다.

의외였던 건 거기에 퍼스트 해머가 10여 명의 드워프와 함께 자원했다는 것이다.

"당연하지! 이번 전투로 그 파이널 포트리스라는 비공정도 여기저기 꽤 많이 상했지 않나? 그런데 지금 당장 출발해야 한다면 가면서 수리하는 수밖에 없다는 말이고, 여기서 그런 신대의 유물을 손볼 수 있는 사람은 우리밖에 없잖아. 그리고 그거야말로 예로부터 세상을 구하는 용사의 전설과 함께해 온 드워프의 사명! 그런 역할을 해낼 사람은 나밖에 없네!"

"아, 안 돼요!"

"그렉, 네가 뭘 걱정하는지는 안다. 하지만 이 아비는……."

"아빠보다 내가 낫다고요!"

"뭐?"

"그렇잖아요! 예전에는 어땠을지 모르지만, 지금은 여러

가지 면에서, 특히 정밀 기계 쪽은 제가 아빠보다 훨씬 기술이 좋다고요! 게다가 어차피 실패하면 다 같이 죽는 거지만, 성공하면 레온과 같이 갔던 사람들은 전설이 되는 거잖아요! 그런 기회를 내가 왜 아빠에게 양보합니까? 안 해요! 안 합니다!"

"이 자식이……."

뭐 그 뒤의 말은 둘째치고, 지원 동기는 확실히 고려해야 할 내용이기에 태영은 투덕대는 퍼스트 해머와 그렉도 합류시켰다.

그리고…….

◎

쿠오오오—!

대기를 진동시키는 울림.

전장 200여 미터에 달하는 거대한 공중 전함, 파이널 포트리스가 일으키는 소리였다.

그러나 풍경의 변화는 없었다.

밤이 시작된 몇 시간 전부터 보이는 건 오직 칠흑 같은 어둠뿐이었다.

그 아래로 보이는 바다 역시 마찬가지, 몇 시간 전에도 그랬듯이 밤하늘과 같은 어둠에 물든 채 넘실대고 있을 뿐이었다.

그러나 태영은 물론, 그 뒤의 갑판에 모여 있는 병사 모두가 알고 있었다.

공중 전함은 꾸준히 앞으로 나아가는 중이고 그 끝에 뭐가 있는지도.

아니. 뭐가 있는지까지는 몰라도 뭘 해야 하는지는 말이다.

—……무겁군.

당연히 그 분위기는 무거워질 수밖에 없었다.

그러나 그게 불안은 아니었다.

생환을 보장할 수 없는 전장으로 향하는 중임을 알기에 더 그렇다.

적어도 지금 공중 전함에 타고 있는 병사들은 이럴 때 불안감 따위는 아무런 도움이 되지 않는다는 것 정도는 알고 있으니까.

악마 떼와의 전투 직후, 놈들의 위치가 파악되자마자 바로 진군을 결정한 태영이 가장 먼저 한 일도 그만한 역량의 병사들도 부대를 재편하는 것이었다.

아니, 당시 발테아르에 있던 병사들은 모두 그만한 역량이 있었지만 어쨌든.

일단 공중 전함에 타고 있던 병사 중 부상자는 당연히 제외, 그 빈자리를 발테아르에 남아 있던 병력 중 워트나 미스트, 발론 같은 실력자로 채워 넣어 다시 5천의 병력으로 맞춰 놓았다.

그러나 이를 태영이 선택했다고 말할 수는 없었다.

"싫습니다!"

태영이 부대를 재편하고 상황을 전달했을 때, 원정군에 포함된 병사들은 하나같이 고개를 저으며 소리쳤다.

"방금 공왕님과 함께 있는 드워프들도 말하지 않았습니까? 이제부터 우리가 해야 할 일은 실패하면 다 같이 죽는 거지만, 성공하면 전설로 남을 일이라고 말입니다. 그런 전장에 공왕님의 지목을 받아 어쩔 수 없다는 듯이 참여하다니, 그런 건 단호히 거부하겠습니다!"

"마지못해 레온 공왕님을 따라가서 세상을 구한 전사 중 한 명이라고 불려서는 힘들게 싸워 이겨도 자랑조차 못 할 거 아닙니까?"

"저희가 선택하겠습니다!"

"네! 우리가 사는 세상이니까! 그 세상에서 잘난 척하며 살고 싶으니까! 우리의 의지로, 우리가 선택해 레온 공왕님을 따르겠습니다!"

"그러니 우리 모두의 목숨, 부담 없이 사용해 주십시오!"

물론 태영은 기꺼이 받아들였다.

—……뭐가 다른데?

그리모어는 이렇게 말했지만, 태영은 그 차이를 누구보다

도 잘 알고 있기 때문이다.

'드디어 여기까지 왔다!'

태영에게도 회귀는 선택이 아니었지만, 그런 이유로 선택을 포기했다면 여기까지 오지도 못했으리라는 것을 말이다.

그러나 그것도 여기까지다.

그토록 많은 회귀를 거치고 나서야 찾아낸 회귀의 원인, '다보스의 추'가 더는 작동할 수 없게 된 이상 좋든 싫든 이게 끝.

'아니, 이게 시작이다. 지금까지 내가 그토록 많은 죽음을 경험하면서도 포기하지 않았던 이유는 하나, 그 마지막을 절망으로 끝낼 수 없다고 생각해서다. 그러니 넘어 보이겠다. 그 수많은 죽음을 통해 얻은 힘으로! 마지막으로 남은 이 한 번의 기회로! 마지막의 마지막까지 내 앞을 막아서던 벽을 넘어 그 뒤에 어떤 세상이 펼쳐질지 내 눈으로 직접 확인하겠다!'

그리고…….

-주인!

그리모어의 목소리와 함께 마침내 태영의 머릿속에서 상상으로만 존재하던 그 최후의 벽이 태영의 눈앞에서 모습을 드러냈다.

"섬이다!"

"하늘에 떠 있는 섬이야!"

발테아르에서 출발한 지 꼬박 하루 반이 지났을 때.

뿌옇게 밝아 오는 수평선 위에 떠 있는 섬과 같은 모습으로 말이다.

그리고 보는 순간 알 수 있었다.

한지영이 그 섬, 아니 섬처럼 보이는 땅덩어리를 확대해서 보여 준 이미지가 뒤틀려 있던 게 프린터의 문제가 아니었다는 사실을 말이다.

"그런데…… 저기에 성이 있다고 하지 않았어? 하지만 성 같은 건 보이지 않잖아? 저기에 있는 건……."

"섬을 뒤덮고 있는 저게 뭐지? 나무뿌리? 줄기?"

그게 뭔지는 태영도 모른다.

그러나 적어도 그게 평범한 나무뿌리나 줄기가 아니라는 것만은 단언할 수 있었다.

그 두께가 수십 미터!

평범한 나무뿌리나 줄기가 그만한 두께일 리도 없지만, 태영이 이미지로 본 건 그게 자금성에 뒤엉켜 있는 모습이었다.

그러나 지금은 아예 자금성은 보이지 않았다.

그게 의미하는 바는 명확!

–성장하고 있다는 말이군. 그건 저 안에서 뭔가가 진행되고 있다는 말일 테고 말이야. 아니, 뭐 이미 끝났을지도 모르지만…….

"어느 쪽이든 상관없어. 그렇다고 우리가 할 일이 달라지는 건 아니니까."

태영이 그리모어의 말을 끊으며 대답했다.

그리고 이때, 갑판 중앙의 테이블 위에 떠 있는 홀로그램 같은 모형으로 공중 전함을 조종하는 카자드 역시 태영과 같은 결론에 도달한 모양이다.

"카자드!"

태영이 고개를 돌리며 소리쳤을 때 카자드의 양손으로 이미 모형을 훑고 있었다.

그 손길을 따라 모형의 좌우가 벌어지며 30여 문의 함포가 밀려 나왔고, 그 모습 그대로 공중 전함의 좌우에서도 함포가 솟아 나왔다.

콰콰콰쾅―!

그리고 일제히 발사!

폭음과 함께 30여 발의 섬광이 한점에 집중되며 거대한 폭광을 일으켰다.

그 폭광 속에서 뜯겨 나가는 줄기!

"우, 움직인다!"

그 직후 마치 이에 반응하듯이 줄기가 꿈틀대기 시작했다.

포격을 당한 지역의 줄기만이 아니었다.

마치 그 자체가 하나의 생명체인 것처럼 섬을 뒤덮은 줄기 전체가 꿈틀대고 있었다.

동시에 그 줄기 위로 무수한 돌기가 솟아 올라왔다.

그리고 마치 식물의 성장 과정을 고속으로 재생하듯이 급속도로 확대!

순식간에 수십 미터 크기로 부풀어 올랐다.

펑! 펑! 펑! 펑!

그리고 일제히 폭발!

폭음을 일으키며 벌어지는 돌기 속에서 마치 꽃가루처럼, 아니 농담으로라도 꽃이라는 단어를 붙이기 힘든 놈들이 쏟아져 나왔다.

머리에는 뿔이, 등에는 박쥐를 닮은 날개가 달린 악마와 같은 형상의 괴물들!

"저, 저놈들은……."

바로 발테아르의 상공에서 터널 링을 통해 쏟아져 들어오던 그놈들이었다.

이에 병사들의 얼굴에 당혹감이 떠올랐지만, 잠깐이었다.

-저런 녀석들이 어디서 그렇게 많이 몰려왔나 싶었는데, 저런 식으로 만들어지는 거였나? 뭐 확실히 저런 방식이라면 그 숫자도 이해는 되는군. 그 멍청한 머리나 악마라고 부르기도 민망한 힘도 말이야. 저렇게 대량으로 뽑아내는 놈들에게 그 이상을 기대할 수는 없을 테니까.

그리모어와 같은 생각을 떠올리는 사람이 있을지는 모르겠지만.

"자네 말대로군. 확실히 터널 링으로 쏟아져 들어오는 놈들과 싸운 건 좋은 예행연습이 돼 준 것 같아."

대부분은 아마도 이쪽.

태영을 돌아보며 슬쩍 입꼬리를 말아 올리는 그라디오스 후작과 같은 생각을 떠올렸기 때문일 것이다.

"따로 명령이 필요한가?"

"아닙니다!"

"좋다, 나도 많은 걸 바라지는 않는다. 단, 일부러 예행연습까지 시켜 주고 데려온 만큼 어제보다는 나은 모습을 보여줘야겠지. 그 정도는 할 수 있겠지?"

"물론입니다!"

병사들이 한 치의 망설임도 없이 대답했다.

촤촤촤촤—!

그리고 카자드가 때를 맞춰 개방하는 방어막 사이로 검기를 난사!

그 모습은 마치 공중 전함 좌우에 수천 기의 기관총이 붙어 있는 것 같았고, 실제로 그중에는 기관총을 난사하는 병사도 있었다.

놈들에게는 검기보다 태영의 광마력이 들어간 탄환이 더 효과적이라는 건 이미 발테아르에서 확인된 사실이니까.

하물며 그게 대구경 기관포라면 말할 필요도 없는 일!

이에 태영은 발테아르를 출발하기 전에 박 사단장 부대의 기관포를 모두 실어 두었고, 오는 동안 퍼스트 해머와 그렉

등이 요소요소에 설치 완료!

투콰콰콰! 투콰콰콰!

이 중위와 박 중사 일행이 시원스럽게 쏴 재끼고 있었고, 그 앞에서는 벌집처럼 변한 악마 떼가 비처럼 쏟아졌다.

그러나 기관포 수십 정이 추가됐다고 크게 달라질 것은 없었다.

태영 측의 화력은 그때보다 올라갔지만, 무수한 돌기에서 쏟아져 나온 악마 떼의 숫자도 터널 링이라는 한정된 공간으로 들어오던 놈들 이상!

그 결과 전투는 그때와 비슷한 양상으로 진행되었다.

놈들이 아군의 포화를 뚫고 들어와 공중 전함의 보호막에 다닥다닥 붙는 것도, 그 직후에 태영이 밖으로 나온 것도 말이다.

다른 점이 있다면 하나!

펑! 화르르륵!

이번에는 카자드가 처음부터 태영과 함께 나왔다는 것이다.

"너는……."

"그렉이라는 드워프 말입니다. 공왕님이 말하던 것처럼 정말 배우는 게 빠르더군요."

이런 이유 때문이다.

"크하하하! 이거야! 이 거대한 전함, 그것도 하늘을 날아다니는 전함이 내 손동작 하나에 움직이다니! 이거야말로 남자의 로망! 크하하하! 내 몸속에 잠들어 있던 파괴 욕구가 치솟는구나! 더구나 그 첫 상대가 세상을 파멸하려는 악! 거리낌 없이 때려 부숴 주마! 가라, 파이널 포트리스! 나와 함께 악을 멸하라!"

콰콰콰쾅-!

"어차피 지금 파이널 포트리스가 할 일은 섬광포를 발사하는 것뿐이고, 마침 타깃이 저렇게 커다란 섬이니 빗나갈 일도 없겠죠."

뭐 눈에 뒤집힌 얼굴로 공중 전함의 모형을 연타하는 그렉의 역량을 믿어서라기보다 이쪽 이유가 더 컸겠지만 어쨌든.

카자드가 일찌감치 나오자 그때와는 상황이 완전히 달라졌다. 아니, 정확히는 빨라졌다.

위이이잉! 퍼퍼퍼펑-!

태영과 카자드는 순식간에 보호막에 붙은 놈들을 싹쓸이!

삐이이이-!

이후 태영은 청영을 타고, 카자드는 부유 마법을 사용해 날아다니며 일격에 20여 미터를 쓸어버리는 검광과 일격에 수십 마리를 숯으로 만들어 버리는 백색 화염을 뿜어 대자 놈들은 공중 전함에 접근조차 하지 못했다.

콰콰콰쾅-!

그리고 그사이 공중 전함은 눈에 뒤집힌 그렉이 연타하는 대로 섬광포를 발사! 발사! 발사!

전투는 완전히 태영 측의 페이스로 진행되고 있었다.

아니, 그렇게 생각하고 있었다.

펑! 펑! 펑! 펑!

줄기에서 다시 무수한 돌기가 솟아올라 풍선처럼 부풀어 오르며 터지고, 그 속에서 다시 무수한 악마 떼가 쏟아져 나오는 장면을 목격할 때까지는 말이다.

"저, 저게 무슨……."

"이제야 겨우 놈들을 3분의 1 정도로 줄였는데 다시 처음으로…… 아니, 처음보다 많이……."

"문제는 놈들의 숫자가 아니다. 놈들이 다시 나타났다는 거다."

"그럼……."

"같은 일이 반복되지 않는다고 장담할 수 없다는 말이다. 그리고 정말 그게 사실이라면 우리도 그렇지만, 공왕님이나 카자드 경도……."

당연히 곤란하다.

그러나 태영이 곤란하다고 생각하는 건 병사들이 바라보는 악마 떼 때문이 아니었다.

"헉헉헉! 이, 이건 말도 안 돼!"

대체 뭘 했다고 헐떡대고 있는지는 모르겠지만, 태영도 그제야 그렉이 당황한 눈으로 바라보는 곳을 확인했기 때문이다.

바로 그렉이 섬광포를 쏴 대던 곳이다.

당연히 그 주변의 줄기는 짓이겨 놓은 것처럼 뭉개져 있었지만, 그뿐이었다.

줄기차게 섬광포를 날린 이유는 줄기를 파괴하기 위해서가 아니다. 그 줄기 안쪽 어딘가에 있을 마더라도 존재를 날려 버리기 위해서였다.

따라서 당연히 일점사!

계속 같은 곳을 공격하고 있음에도 줄기는 처음 공격을 받았을 때와 다를 바가 없었다.

"빌어먹을! 어디 네가 죽나 내가 죽나 끝까지 해보자!"

"그렉, 그만둬!"

그 이유는 포격을 멈추자 바로 알 수 있었다.

움푹 파여 들어간 부위가 빠르게 다시 차오르는 모습으로 말이다.

"……재생하고 있군요."

"그래, 아무래도 우리가 너무 느슨하게 생각하고 있었던 것 같다."

"그 말은……."

"병사들은 어떨지 몰라도 나는 저 줄기도 악마 같은 놈들을 무한대로 만들어 낼 수 있으리라고는 생각하지 않아. 애초에 저런 놈들은 나나 너, 파이널 포트리스에도 큰 위협도 되지 않지만, 만들어 내는 데도 한계가 있을 거다. 저 줄기의 재생력도 마찬가지. 언젠가는 뚫릴 거다. 그럼에도 놈들이 그 외에 별다른 대응을 보이지 않는다면 그럴 만한 이유가 있다는 말이지."

"시간을 끌고 있다는 말입니까?"

"놈들은 우리가 찾아오리라고는 생각하지 못했을 테니까. 우리가 예상하던 것보다도 빨리 오기도 했고 말이지."

"그럼……."

"놈들이 그럴 생각이 없다면 우리가 방법을 바꾸는 수밖에 없다는 말이지. 내 머릿속에는 그런 방법이 하나밖에 떠오르지 않고 말이야."

카자드의 질문에 태영이 공중 전함을 돌아보며 대답했다.

"……뭔지 알 것 같군요."

태영을 따라 시선을 돌린 카자드가 고개를 끄덕였다.

"혹시 좀 더 나은 방법이라도 있나?"

"없습니다. 공왕님의 말이 사실이라면 다른 방법을 생각할 시간도 없을 테고 말입니다."

"그럼 됐어."

태영이 바로 몸을 돌렸다.

삐이이이-!

그리고 청영과 함께 떼지어 몰려드는 악마 떼를 돌파하며 공중 전함으로 귀환!

"그렉, 비켜!"

"어? 아, 아니, 나는 아직 영혼을 불태우는 중……."

"잡소리 말고!"

태영은 여전히 분위기 파악을 못 하고 헛소리를 떠들어 대는 그렉을 밀어냈고, 뒤따라 들어온 카자드가 그 자리를 대신했다.

쿠아아아-!

동시에 공중 전함이 후미로 불길을 뿜으며 격렬하게 진동하기 시작했다.

그러자 양쪽에서 그라디오스 후작과 질리언이 뛰어왔다.

"레온, 카자드, 뭘 하려는 건가?"

"돌파할 생각입니다."

"뭐?"

그리고 이어지는 태영의 대답에 둘 다 당황한 표정을 떠올렸다.

"돌파라니? 그럼 혹시 이 전함으로……."

"네, 이제 두 분도 눈치채셨을 겁니다. 포격만으로는 저 줄기를 뚫기 힘들다는 걸 말입니다. 아니, 언젠가는 뚫을 수 있겠지만, 그때까지 기다릴 시간은 없습니다. 그게 놈들이 바라는 일이라면 더 말입니다."

"지금의 상황이 놈들이 의도적으로 시간을 끌고 있는 것일지도 모른다는 말이군."

그라디오스 후작이 고개를 끄덕이며 대답했다.

“나도 잠시 포격이 멈췄을 때 거의 변화가 없는 줄기를 보고 그런 생각이 들긴 했네. 하지만 방금 말한 것처럼 저 줄기는 지금까지 십여 차례나 포격을 받고도 버티고 있네. 물론 이 공중 전함의 질량에 충분한 속도만 더해진다면 섬광포의 수십 배에 달하는 충격을 가할 수 있겠지만, 그게 저 줄기를 뚫을 수 있을 정도라고는 장담할 수 없지 않나?”

물론 태영도 장담할 수는 없었다.

그러나 그게 일단 들이받고 보자는 식으로 생각해서 나온 결론은 아니었다.

그때의 공중 전함은 해 보니 안 되더라는 말로 넘어갈 수 있을 정도의 상태가 아닐 테니까. 줄기를 뚫지 못해도 그렇겠지만, 설사 뚫는다고 해도 말이다.

그게 의미하는 바는 명확하다.

“말했듯이 저는 저 줄기를 파괴하려는 게 아닙니다. 돌파하려는 겁니다. 저 줄기가 겹쳐진 틈을 뚫고 말입니다.”

“틈을 비집고 들어가겠다면…….”

“밖에서 공격해서는 답이 안 나온다는 건 이미 확인되었습니다. 그렇다면 답은 하나, 내부로 들어가는 수밖에 없겠죠.”

“하지만…… 아니, 그래. 그렇군.”

미간을 좁히며 대꾸하려던 그라디오스 후작이 고개를 끄덕이며 다시 말을 이었다.

"나도 확실히 나이를 먹기는 했나 보군. 당장 해결해야 하는 일보다 그 뒤의 일을 걱정하고 있는 걸 보면 말이야."

그라디오스 후작이 말하는 뒷일이란 공중 전함이 줄기의 틈을 뚫고 들어간 뒤, 그 안에 있을 놈들과 마더라는 존재까지 처리한 뒤를 말하는 것이다.

앞서 말한 것처럼 성공하든 실패하든 공중 전함도 상당한 대미지를 입을 터.

모든 일이 원하던 대로 풀린다고 해도 다시 공중 전함을 타고 돌아갈 수 있으리라는 보장은 없고, 이는 그라디오스 후작으로는 꽤 부담스러운 일일 테니까.

"저도 아직 그 뒤의 일까지 생각해 둔 건 아닙니다. 하지만 방법을 찾아보겠습니다."

"그래 주면 고맙지만, 아니라도 할 수 없지."

그러나 이어지는 태영의 말에 그라디오스 후작은 고개를 저으며 말했다.

"출발하기 전에도 말했지만, 우리의 목숨은 모두 자네에게 맡겼네. 그리고 철회할 생각도 없네. 그러니 편하게 사용해 주게."

"나도 말했지. 끝까지 자네와 함께하겠다고 말이야."

질리언도 고개를 끄덕였다.

이에 태영도 살짝 고개를 끄덕여 주고 카자드를 돌아봤을 때였다.

"출발하겠습니다!"

쿠콰콰콰-!

한껏 예열되어 있던 공중 전함의 엔진이 후미로 불길을 뿜으며 돌진했다.

"모두 충격에 대비하라!"

동시에 그라디오스 후작과 질리언이 몸을 돌리며 소리쳤다. 그러나 충격은 그 둘, 아니 태영과 카자드가 예상한 것보다도 빨리 들이닥쳤다.

타깃으로 삼은 줄기의 틈이 아직 200여 미터나 남아 있을 때.

콰쾅! 와득! 우드드득!

폭음과 함께 거칠게 요동치는 공중 전함 곳곳에서 울리는 파열음!

"큭! 저, 저건……."

한쪽으로 와르르 넘어졌다 일어난 병사들이 당혹스러운 눈으로 바라보는 건 줄기였다.

공중 전함이 접근하자 섬을 뒤덮은 거대한 줄기에서 넝쿨 같은 얇고 긴 줄기들이 실타래처럼 뿜어져 올라와 공중 전함을 휘감아 버린 것이다.

물론 얇다고 해도 거대한 줄기와 비교해 그렇다는 말이고, 그냥 휘감고만 있는 것도 아니었다.

가속을 붙이며 날아가는 공중 전함을 멈춰 세웠다는 건 그만한 두께와 힘이 있다는 의미!

이를 증명하듯이 넝쿨에 휘감긴 전함의 보호막에 쩍쩍 균열이 번지고 있었다.

"하지만 좀 전까지는……."

"파이널 포트리스가 포격하던 곳까지 닿을 수 있는 게 아니라는 말이겠지. 어쩌면 이런 기회를 노리고 일부러 숨기고 있었을지도 모르고. 하지만 어느 쪽이든!"

그라디오스 후작이 입술을 꽉 깨물며 고개를 돌렸다.

"보다시피 이런 상태로는 함포로 전함을 묶고 있는 줄기를 요격하기 힘들다! 하지만 저 정도 굵기라면 검기로도 끊어 낼 수 있을 터! 카자드 경, 줄기에 휘감긴 부분의 보호막을 해제해 주게! 나머지는 우리가 어떻게든……."

"그럴 필요 없습니다."

"뭐?"

"섬광포의 집중사격을 받던 줄기가 재생하는 걸 보시지 않았습니까? 전함에 휘감긴 넝쿨도 저 줄기의 일부, 검기를 집중해 하나하나 끊어 내는 방식으로는 절대 넝쿨을 벗어나지 못할 겁니다. 그러니 노려야 하는 건 한곳이고…… 이미 갔습니다."

카자드가 선수를 바라보며 대답했을 때였다.

위잉! 콰콰콰콰—!

벌어진 보호막 앞으로 거대한 검광이 가로질렀다.

보호막에 달라붙어 있다가 그 틈에 기어들어 오려던 악마, 그리고 그 사이사이에 그물처럼 얽혀 있는 넝쿨을 일격에 베어 내며 말이다.

당연히 태영의 검, 그리모어가 뿜어낸 검광이었다.

"카자드!"

그리고 바로 몸을 돌리며 소리쳤고, 그것만으로 충분했다.

그 카자드라면 태영이 왜 보호막에 넝쿨이 휘감기자마자 뛰어와 전함의 앞을 가로막은 넝쿨을 끊어 냈는지 알고 있을 테니까.

파파파팡－!

그때 태영의 머릿속에 떠오른 게 바로 이거다.

그와 동시에 일제히 폭발하는 보호막!

순간 보호막에 둘러싸여 있던 만큼 전함과 넝쿨 사이에 간격이 생겼고, 이때 전함의 엔진은 100%, 아니 분출하지 못한 힘이 쌓여 120%로 가동되는 상태였다.

당연히 그 결과는 급발진!

공중 전함은 넝쿨 사이에서 탄환처럼 뿜어져 날아갔다.

그리고 그대로 충돌!

콰콰콰쾅－!

칼날처럼 솟아 있는 선수로 거대 줄기의 틈을 벌리며 파고 들어갔다.

섬을 뒤덮은 줄기의 안쪽, 자금성이 보이는 곳까지.

"드, 들어왔다!"
"그럼 저 앞에 보이는 성이……."
"생각할 것도 없지. 저 성이다! 틀림없이 이 모든 사태의 원흉은 저 성에 있을 터! 모두 내부로 진입해 놈들을 격멸한다!"
그라디오스 후작의 고함에 전함에 있던 병사들이 줄기 사이를 파고들어 온, 좀 더 정확히 말하면 그 사이에 박혀 있는 선수로 이동해 하선하기 시작했다.
"저희는 여기 남겠습니다!"
그러나 이 중위와 박 중사 일행은 아니었다.
"지상전이 되면 어차피 저희는 큰 도움이 되지 않을 겁니다. 그리고 밖에 있는 놈들도 이쪽으로 몰려오고 있습니다. 다행히 아직 함포나 전함에 설치해 둔 기관포는 문제없이 작동하니 저희는 여기 남아서 놈들을 막겠습니다."
"그렇다고 죽을 각오를 한 건 아닙니다. 공중전을 할 때와 달리 지금 놈들이 몰려오는 곳은 전함의 후미 한쪽, 공간도 넓지 않으니 막아 낼 수 있을 겁니다. 아니, 막아 내겠습니다."
퍼스트 해머와 드워프들도 마찬가지였다.
"여기 모인 병사들의 수준을 보니 우리 같은 녀석들은 따라가 봤자 짐밖에 안 되기도 하겠지만, 애초에 그런 건 우리의 역할도 아니야."

"그렇지. 평상시도 그렇지만, 위기 때는 더 제가 가장 잘 할 수 있는 일을 해야 하는 법! 우리도 저 친구들과 이곳에 남아서 전함을 수리하겠네. 그래야 자네들은 물론, 우리도 살아서 돌아갈 수 있을 테니까. 물론 자네들이 일을 끝내고 돌아왔을 때 말이야."

"아하! 후방 지원! 그래, 그게 예로부터 용사 파티와 함께 해 온 드워프의 역할이지."

"나, 나도 남겠어!"

그렉도 울먹이는 얼굴로 끼어들었다.

"그런 눈으로 보지 마! 나도 할 때는 한다고! 카자드가 가 버리면 섬광포를 제대로 조작할 수 있는 사람은 나밖에 없잖아! 그리고 뭣보다, 뒤를 맡기라는 말을 듣고 가는 것보다는 차라리 그런 말을 하는 쪽이 속이 편하다고!"

맞는 말이다.

이 중위나 박 중사, 드워프들이 어떤 이유를 붙이든 결국 그 말은 뒤를 맡기라는 것이고, 실제로 병사들은 꽤 무거운 표정으로 그들을 바라보고 있었다.

"맡기겠습니다."

그러나 태영과 함께 바로 몸을 돌렸다.

그들도 알고 있기 때문이다.

공중 전함에 남기로 한 사람들은 틀림없이 위험하겠지만, 그게 그들을 남기고 가는 사람들은 위험하지 않다는 의미는 아니라는 걸 말이다.

그리고 모두가 예상한 그대로.

콰콰콰쾅! 투투투투!

곧 들려오기 시작한 포성과 총성을 뒤로하고 성으로 진입했을 때였다.

지지지직! 쿵! 쿵! 쿵!

머리 위를 뒤덮은 거대한 줄기의 곳곳이 갈라지며 태영 일행 주위로 커다란 물체가 우수수 떨어져 내리기 시작했다.

밖에서 본 악마와 닮은 괴물이었다.

날개는 없는 대신 몸집은 그 두 배! 4~5미터에 달했지만, 그 몸에서 뿜어져 나오는 기운만으로도 밖에서 날아다니는 놈들보다 강한 놈들이라는 건 직감할 수 있었다.

그러나 그때 태영의 눈은 다른 곳으로 향하고 있었다.

놈들이 쏟아져 내리는 광장 끝부분, 마구잡이로 뒤엉킨 거대한 줄기 아래에 흩어져 있는 수십 미터 크기의 고치처럼 생긴 타원형 물체였다.

전함으로 거대 줄기 사이를 뚫고 들어왔을 때부터 느껴졌기 때문이다.

이 광장, 정확히는 그 고치에서 뿜어져 나오는 기운을 말이다.

뭐 정말 신경 쓰이는 건 따로 있지만 어쨌든.

-이 거슬리는 감각은…….

"마기다."

태영이 살짝 고개를 끄덕이며 대답했을 때였다.

푸확-! 푸확-! 푸확-!

마치 기다렸다는 듯이 고치가 연이어 터져 나갔다.

그리고 쏟아지는 점액질과 함께 기괴한 형태의 괴수들이 기어 나오기 시작했다.

거대한 지네를 닮은 놈, 늑대와 닮은 몸의 머리 부분에 사람의 상반신이 붙어 있는 놈, 방금 고치에서 나왔는데도 양손에 기괴하게 뒤틀린 칼날의 검을 들고 있는 놈 등, 생김새는 모두 달랐지만, 굳이 구분할 필요는 없었다.

"저놈들이 마인, 아니 사도라는 말이지."

어차피 다 똑같은 놈들이니까.

그리고 태영이 놈들을 알아보는 그 순간, 이미 답은 나온 셈이나 다름없었다.

"후작님! 질리언 폐하!"

"헉! 어, 어!"

태영의 고함에 그라디오스 후작과 질리언이 흠칫 놀라며 대답했다.

당연히, 한 마리만으로도 일반 병사가 전의를 잃게 만들기에 충분한 마기를 뿜어내는 사도가 떼를 지어 나타나 바로 앞에서 마기를 뿜어 대고 있으니까.

그라디오스 후작과 질리언만 아니었다.

모어나 드미트리, 에단, 그리고 하덴이나 미스트 같은 몇 명을 제외한 나머지 병사들은 그저 마기를 접한 것만으로도 공포와 충격에 휩싸인 얼굴이 되었다.

그래도 고르고 골라 온 정예라 이를 악물고 검을 들어 올리고 있었지만, 굳이 그런 병사들을 놈들과 붙일 이유는 없었다.

사도를 낳는 존재라는 마더를 처리하기 위해 오면서 이런 상황을 예측하지 못했을 리가 없고, 놈들의 상대는 이미 그때부터 정해져 있었으니까.

"저놈들은 나와 카자드가 맡겠습니다! 후작님과 질리언 폐하는 나머지 놈들을 맡아 주십시오!"

당연히 그 둘, 아니…….

"디스바로스!"

콰쾅!

그 위에서 갈라지는 공간에서 내리꽂히는 미라까지 셋이다.

초월자

-여기는…….

디스바로스가 주위를 둘러보았다.

머리 위를 뒤덮은 거대한 줄기를 올려다보고, 그라디오스 후작과 질리언을 중심으로 모인 병사들을 에워싸는 악마 떼를 돌아보고, 그 너머에서 점차 기세를 더하는 마기를 뿜어내는 사도들을 돌아보았다.

그때마다 디스바로스의 움푹 파인 눈두덩에 떠 오른 붉은 안광이 마치 불쏘시개로 헤집어 놓은 불길처럼 거칠게 타올랐다.

-마침내 여기까지 도달한 것인가! 여기서! 여기서 나를 불러 준 것인가!

"너를 위해서 불러낸 게 아니다."

-물론…….

푸확-!

그때 디스바로스의 위에서 거대한 대못 같은 형상이 그의 가슴을 관통하고 그대로 지면까지 뚫고 들어가며 박혔다.

그리고 디스바로스가 덜컥대는 몸을 비틀며 고개를 돌렸을 때.

푸확-! 푸확-! 푸확-!

그 위에서 다시 네 개의 대못이 내리꽂혔다.

그것만이 아니었다.

동시에 그 주위로 검은 칼날이 떠오르며 대못에 관통당한 디스바로스의 몸을 갈랐고, 아래에서는 검은 불길이 디스바로스의 다리를 휘감으며 치솟아 올라왔다.

"디스바로스!"

-알고 있다!

태영의 고함에 휘청대던 디스바로스가 와락 고개를 들어 올렸다.

-나는 이미 오래전에 패배한 몸! 내 세계와 함께 의지까지 꺾였을 때 나는 다시 이런 전장에 설 자격도 잃어버렸다! 그런 내가 이곳에 있는 이유는 하나! 한때 나와 같은 의지를 가진 자의 부름을 받았기 때문이다! 그러니 나는 기꺼이 그의 검! 그의 방패가 되리라! 그 빌어먹을 신의 저주를 받은 이 몸으로!

디스바로스가 대못에서 몸을 뜯어내며 소리쳤다.

콰쾅-!

그리고 병사들 주위로 몰려드는 악마 떼를 걷어차며 돌진!

대못에서 강제로 뜯어낸 디스바로스의 몸은 걸레처럼 찢어진 채 너덜대고 있었다.

그러나 한 걸음씩 내디딜 때마다 마치 시간이 되감기듯 빠르게 본래 상태로 돌아갔고, 그 끝에서 거대 지네 형상의 사도와 충돌하는 순간 다시 곳곳이 터져 나갔다.

콰직! 콰콰콰콰-!

그리고 그대로 한 덩어리로 뒤엉킨 채 지면을, 아니 그 지면 위에서 득실대는 악마 떼를 짓이기며 밀려 나갔다.

그러자 나머지 네 마리의 사도도 그 뒤를 따라 몰려갔다.

아니, 몰려가려고 할 때.

콰콰콰콰-!

수십 미터의 빛기둥이 그 앞을 가로질렀다.

그리고 그 빛기둥에 갈라지는 지면을 따라 놈들의 앞으로 뻗어 오는 또 다른 빛!

디스바로스를 따라 돌진해 온 태영이었다.

그리고 놈들 앞에서 멈춰 선 태영이 시선을 돌리는 순간!

콰콰콰콰-!

그 주위로 무수한 검광이 폭풍처럼 뿜어져 나왔다.

수직으로! 수평으로! 사선으로! 때로는 직선으로! 때로는 곡선으로!

형태는 물론 거리도 종잡을 수 없는 검광은 미쳐 날뛰듯이 대기를 찢어발기며 사도를 뒤덮었고, 그 속에서 검은 핏줄기가 치솟았다.

카카카칵! 파캉—!

그러나 곧 거친 쇳소리와 함께 불꽃으로 바뀌었다.

-인간 따위가!

대기를 울리며 퍼지는 섬뜩한 진동!

그 너머에서 기괴하게 뒤틀린 두 자루의 검을 휘두르며 접근해 오는 사도의 입, 아니 몸에서 뿜어져 나오는 울림이었다.

순간 미친 듯이 날뛰던 검광이 확 사라졌다.

놈이 뭔가 한 게 아니다.

태영이 뭔가 하고 있기 때문이다.

양손으로 움켜쥔 그리모어로, 마치 주위를 휩쓸던 검광이 모두 그 그리모어로 모여든 것처럼 그 끝에서는 수십 미터 길이의 검광이 뻗어 나오고 있었다.

동시에 움찔하며 걸음을 멈춘 사도의 쌍검에서도 시커먼 마기가 폭발하듯이 뿜어져 나왔다.

콰광—!

그리고 하나로 겹쳐지며 충돌!

내리꽂히는 백색 검광과 솟구치는 검은 검광이 충돌하자 100여 미터 공간이 움푹 주저앉으며 시커먼 기류가 소용돌이를 일으키며 뿜어져 올라왔다.

"큭! 이, 이 폭발은……."

수백 미터 떨어진 곳에 모여 있는 병사들까지 휘청거릴 정도의 폭풍이었다.

그 사이의 공간을 채우고 있는 악마들도 마찬가지.

가까이 있던 놈들은 수십 미터나 밀려났고, 그 너머에 있던 놈들도 한차례 휘청대다가 병사들과 같은 눈빛으로 시커먼 기류가 폭발한 곳을 돌아보았다.

불과 몇 초에 불과했지만.

투콰콰콰—!

그사이에도 폭연처럼 뿌옇게 피어오른 흙먼지 속에서는 연이어 섬광이 폭발하고 있었다.

-네놈…… 인간이 아니구나!

"인간이다."

-헛소리 마라! 인간 따위가 이런 힘을 사용할 수 있을 리가 없다! 이런 건…… 이런 건 인간에게 허락된 힘이 아니다!

"알 바 아니다."

그 대답 그대로, 그딴 건 태영이 알 바 아니었다.

태영 역시 지금 자신의 힘이 인간의 범주를 벗어나 있다는 자각은 있지만, 그건 누군가의 허락으로 얻은 힘이 아니다.

태영이 수없이 목숨을 걸고 싸워 쟁취하고, 그럼에도 수없이 시행착오를 반복하고, 또 그럼에도 포기하지 않고 고민에 고민을 거듭해 얻은 힘이다.

한시도 쉬지 않고!

지금 놈의 쌍검, 그 주위에서 검기처럼 굳어져 날아드는 마기까지 포함하면 수십에 달하는 검을 쳐 내며 반격하는 검술도 그렇게 얻은 것이다.

디스바로스의 정신세계에서 돌아온 이후, 원정군을 이끌고 북경으로 진군할 때도, 공중 전함을 타고 중앙대륙으로 돌아올 때도, 그 뒤에 발테아르로 돌아와 터널 링을 만드는 동안 병사를 훈련시킬 때도 태영은 쉬지 않았다.

앞으로 무슨 일이 생길지는 명확하고, 거기에 뭐가 필요한지도 명확하니까.

태영은 끊임없이 고민했다.

이계에서 처음 검을 쥐었을 때부터 목표로 삼아 왔던 완성형의 검술에 대한 고민이었다.

그러나 말했듯이 그런 고민은 처음 한 게 아니다.

수없이 실패했고, 그 탓에 마음 한쪽에서는 포기해 버린 고민이기도 했다.

그런 고민을 다시 시작하게 된 계기는 '0식'이었다.

'0식'을 만들었을 때 태영은 완성형의 검술로 향하는 뭔가를 본 듯한 기분을 느꼈다.

그러나 그게 뭔지는 알 수 없었다.

분명 보이지만 다가갈 수 없는 아지랑이처럼 그 감각 역시 아무리 고민해도 거리가 좁아지는 느낌조차 들지 않았다.

되레 더 멀어지는 기분이었다.

이에 태영은 수없이 반복된 회귀만큼 수없이 배워 온 검술을 머릿속에서 모두 끄집어내며 고민했고, 얼마 전에야 깨닫게 되었다.

그런 건 아무런 의미가 없다는 사실을 말이다.

'검술은…….'

그런 게 아니다.

검은 검으로서 존재하지만, 손에 쥐면 몸의 일부.

마력 역시 마찬가지다.

이를 움직이는 건 누군가가, 아니 설사 그게 자신이 만든 것이라도 정해진 틀로 묶어 놔서는 안 되는 것이다. 물론 그렇다고 그냥 마구잡이로 휘두르면 된다는 말은 아니다.

뭐든 그렇듯이 기본은 필요하다.

또 뭐든 그렇듯이 피나는 수련도 필요하다. 정밀도를 높이기 위해서는 고정된 틀도 필요하다.

그래야 비로소 할 수 있게 되기 때문이다.

그동안 묶어 놨던 것을 풀어놓는 것도, 오롯이 자신만의 의지로 검과 마력을 움직일 수 있게 되는 것도.

파파파팡-!

태영이 폭풍처럼 몰아치는 무수한 검을 쳐 낼 수 있는 이유가 그래서다.

모든 것이 느껴졌다.

사도가 휘두르는 검은 물론, 그 검에 동조하듯이 사방에서 날아드는 마기의 검도. 그리고 또 자신은 어디로 어떻게 검을 움직여야 하는지도.

그동안 태영이 배워 온 수많은 검술에는 그에 대한 대처법이 모두 들어 있으니까.

그러나 말했듯이 굳이 거기에 얽매일 필요는 없었다.

아니, 태영과 검술을 나눌 필요도 없었다.

그건 이미 태영의 힘이고, 태영은 그 모든 것을 자신의 의지대로 사용할 수 있는 각성자, 아니 초월자의 몸!

파캉-!

마기를 쳐 내는 태영의 검은 그 모든 과정이 마지막에 도달한 경지다.

-마, 말도 안 돼! 나는 검의 종주! 인간의 검술은 모두 나로부터 비롯된 것이다! 그런데 어떻게 인간 따위가…….

무슨 근거로 그딴 소리를 하는지는 모르겠지만, 그딴 소리를 하는 동안에는 결코 도달할 수 없는 경지.

아직 이름은 없었다.

이전과 확연히 달라졌지만, 새로운 뭔가가 생긴 건 아니니까.

그 때문인지 시스템 창조차 떠오르지 않았지만, 그런 데 연연할 이유 따위도 없었다.

이건 그냥 태영이 휘두르는 검일 뿐!

파캉-! 파캉-!

태영은 양쪽에서 날아드는 놈의 검을 동시에 쳐 냈다.

그리고 좌우로 벌어지는 놈의 팔 사이로 섬광처럼 파고들어 갈 때였다.

위잉! 콰쾅-!

그 앞에 거대한 대못이 내리꽂혔다.

쾅! 쾅! 쾅!

이를 시작으로 연속적으로 대못이 내리꽂혔다.

대못을 피해 물러나는 태영을 따라, 그리고 네 번째 대못이 내리꽂혔을 때, 태영이 내려선 바닥에서 검은 불길이 소용돌이를 일으키며 뿜어져 올라왔다.

아니, 뿜어져 올라오기 직전!

펑! 화르르르! 콰콰쾅-!

같은 위치에서 백색 화염이 반대 방향으로 소용돌이를 일으키며 뿜어져 올라와 충돌! 폭발을 일으켰다.

태영은 그 폭발을 밟듯이 '에어 워크'를 발동시키며 뛰어올랐다.

-건방진 인간 놈! 죽여 주마!

그리고 폭연을 가르며 날아드는 놈의 검을 피해 한 차례 더 솟아 올라갔다.

찢기듯 흩어지는 폭연 너머로 태영을 향해 몰려들던 사도의 아래에서 십여 줄기의 백색 불길이 치솟아 올라오는 장면이 눈에 들어왔다.

그 일부를 채찍처럼 휘두르며 늑대를 닮은 몸에 사람의 상반신이 붙어 있는 사도와 접전을 벌이는 카자드가 일으킨 불길이었다.

콰쾅! 콰콰콰콰—!

뒤에서는 디스바로스가 거대 지네를 닮은 사도와 뒤엉킨 채 굴러다니고 있었다.

그때마다 광장에 득실대는 악마 떼가 발에 밟힌 개미 떼처럼 짓이겨졌고, 성벽이나 건물 따위가 연이어 허물어졌다.

그럼에도 악마 떼는 아랑곳하지 않고 한쪽으로 몰려들었고, 그 끝에 모여 있는 병사들도 보고만 있지는 않았다.

"크! 그야말로 괴수의 싸움이군."

"신경 쓸 것 없다! 저 거대한 미라는 레온 공왕님이 불러낸 아군! 저놈들이 모여 있는 곳으로만 굴러가는 게 그 증거다! 물론 그렇다고 이쪽으로 오지 않는다는 보장은 없지만, 저렇게 애쓰는데도 그런 일이 벌어진다면 어쩔 수 없는 일! 그때까지는 우리가 할 수 있는 일을 하는 수밖에 없다!"

"2열 앞으로!"

"우리가 할 일은 우리는 물론, 저놈들도 레온 공왕님과 카자드 경, 저 미라를 방해하지 못하게 하는 거다!"

"여기서 한 걸음도 물러나지 마라! 방어를 굳히고 놈들을 격퇴하라!"

"뱀파이어와 워 울프는 양쪽 끝을 맡는다!"

"하! 얼마나 봤다고 명령질을……이라고 말할 때는 아니지. 데드릭, 발론, 위대한 주인님이 저따위 놈들에게 신경 쓰지 않아도 되도록 확실하게 밟아 줘라!"

병사들은 그라디오스 후작과 질리언의 지휘로 넓은 방어 진형을 구축하고 파도처럼 밀려오는 놈들과 접전을 벌이고 있었다.

뭐 정작 그들이 말하는 태영은 그 바로 옆에 떨어졌지만.

푸확-! 푸확-!

그 뒤에서 돌아보던 악마는 바로 피를 뿜으며 쓰러졌다.

"고맙군."

"내가 그런 말을 들을 정도로 도움이 되지 않는다는 건 나도 알아."

피를 뿜으며 쓰러지는 놈들보다 되레 더 많은 상처에 뒤덮인 모습으로 대답하는 사람은 미스트였다.

"전투를 시작하고 채 2분도 되지 않았는데 이런 말을 하기는 쪽팔리지만…… 오래 버티기는 힘들어."

태영도 오래 끌 생각은 없었다.

이미 확인이 끝났으니까.

발테아르에서 깨닫고, 이곳으로 오는 사이에 명확하게 그 몸에 녹인 태영의 검술이 사도를 압도할 수 있는 경지라는 걸 말이다.

그럼에도 비슷한 수준으로 공방이 벌어졌던 건 힘에서는 태영이 밀렸기 때문이다.

바꿔 말하면 힘에서 밀리지 않는다면 아무런 문제가 없다는 의미!

"그리모어!"

-오오, 그래, 기다리고 있었다고!

화악-!

그리모어가 검은 불길에 휩싸인 건 그때였다.

그리고 곧 검날에서 뿜어진 검은 불길은 곧 손잡이를 타고 올라와 번지듯 태영의 몸을 뒤덮었고, 점차 옅어지며 회색에 가깝게 변하기 시작했다.

그리고…….

-보유한 영격 80을 소비해 [자바워크]가 발동되었습니다.

그 순간, 힘의 차이가 없어졌다.

-나 참, 어차피 쓸 거면 진즉에 쓰지, 뭐 하러 그냥 투덕거려? 왠지 주인의 검술이 갑자기 강해진 건 알지만, 그냥 처리할 수 있어도 이것까지 사용하면 더 빨리 해치울 수 있을 거 아니야? 새로 익힌 검술이 저놈들에게 어디까지 통할지 확인이라도 해 보고 싶었던 거야?

물론 그런 이유다.

그러나 그리모어가 생각하는 것과는 조금 다르다.

태영은 얼마 전 깨달은 검술이 완성형이라고 말했지만, 그게 완성됐다는 의미는 아니었다.

깨달음은 어디까지나 깨달음일 뿐.

머릿속으로 이해한 깨달음을 실제 검으로 펼치는 건 또 다른 문제다.

그러나 그 검술의 핵심은 어디에도 묶이지 않는다는 것.

따라서 훈련 자체는 의미가 없다.

태영이 디스바로스가 한 마리 끌고, 아니 끌려가고도 네 마리나 남아 있던 사도 중에 쌍검을 든 놈을 콕 짚어 치고받았던 이유가 그 때문이었다.

아무리 완벽한 이론이라도 실증되지 않은 이론은 미완성.

하물며 그게 태영 본인도 명확하게 설명하기 힘든 모호한 이론이라면 말할 필요도 없다.

그래서 놈과 싸울 필요가 있던 것이다.

새로운 검술이 얼마나 통용될지 확인하기 위해, 그리고 그로써 검술을 완성하기 위해서.

그러나…….

-그사이에 저 녀석은 죽어 나가고 있는데.

그 대가는 태영이 아닌, 그 탓에 세 마리의 사도와 맞붙는 형세가 돼 버린 카자드였다.

그래도 마법사, 그것도 평범한 마법사가 아니고, 그럼에도 무리라고 판단했는지 방어와 회피 쪽에 집중하고 있었지만, 좀 전에 본 미스트와 다름없는 몰골이 되어 있었다.

따라서 설명 따위는 생략!

쾅—!

태영이 섬광처럼 뿜어져 날아갔다.

그때 측면에서 검은 섬광이 날아와 들이받았다.

콰콰콰쾅—!

—하! 어림없다! 조금 전에는 저 마법사의 도움으로 용케 벗어났다만, 두 번은 없다! 네놈은 물론 저 마법사와 버러지처럼 꿈틀대는 놈들도! 아니, 이 세계의 모든 인간이! 아무리 발버둥 쳐도 신께서 정한 운명을 거스를 수는 없다!

태영과 한데 뒤엉켜 연쇄적인 폭음을 일으키다가 떨어져 나가며 소리치는 놈은 좀 전까지 맞붙던 쌍검을 든 사도였다.

그리고 바닥에 내려서는 것과 동시에 튀어 오르듯 몸을 날리며 검을 내리찍었다.

그 뒤로 칼날로 변한 마기가 비처럼 쏟아졌다.

"엿이나 처먹어라!"

펑—!

그러나 태영의 고함과 함께 한순간에 터져 나갔다.

놈의 쌍검이 튕겨져 날아가는 것과 동시에 그 뒤로 쏟아지던 마기의 칼날 모두가. 그리고 벌어진 놈의 가슴이 사선으로 갈라지며 튀어 오르는 피!

-큭! 이, 이게 무슨…….

"검술이다. 검의 종주니 뭐니 떠들어 대는 네놈과는 아무런 상관도 없는, 내가 만든 검술."

-방금 그게 검술이라고? 그것도 인간이 만든…….

태영의 말에 믿어지지 않는다는 목소리로 떠듬대던 놈이 와락 고개를 저었다.

-아니, 설사 그게 사실이라도 해도 달라지는 건 없다! 나는 인간을 심판하는 존재! 신의 섭리에 따른 일이다! 인간 따위가 나를 쓰러뜨리는 건 있을 수 없는 일! 네놈이 아무리 발버둥 쳐도 신의 섭리를 벗어날 수는 없다!

놈이 손으로 가슴을 훑으며 소리치자 상처가 빠르게 회복되기 시작했다.

그러나 태영은 아랑곳하지 않고 놈들을 향해 날아갔다.

"시험해 보면 알겠지."

-네놈!

놈이 다시 검을 들어 올렸지만, 태영을 막을 수는 없었다.

'자바워크'의 발동과 함께 힘의 격차는 역전!

'……벤다!'

놈의 검을 쳐 날린 태영은 오직 그 하나에 의식을 집중했다.

그리고 태영의 의지는 곧 검의 의지!

태영이 떠올린 이미지는 검을 통해 현실이 되었다.

콰콰콰콰! 콰콰콰콰!

놈의 몸을 가로지르는 무수한 검광!

놈의 얼굴에 당혹감이 떠오른 건 그다음이었고, 그 얼굴과 함께 몸도 그대로 수백 조각으로 갈라지며 쏟아져 내렸다.

—……미안하다.

그때 머릿속으로 디스바로스의 목소리가 들려왔다.

고개를 돌리자 디스바로스가 넝마처럼 찢어진 몰골로 무너진 성벽 사이에 박혀 있었고, 그 앞에는 머리 부분이 으깨진 채 꿈틀대는 거대 지네가 보였다.

—……이겼군.

당연한 결과였다.

거대 지네는 숨이 넘어가고 있는 모양이지만, 디스바로스는 죽고 싶어도 죽지 못하는 몸이니까.

뭐 그래도 그 역시 더는 싸울 수 없는 상태인 것으로 보이지만 어쨌든, 디스바로스가 미안하다고 한 말은 그 위에서 쏟아져 나오는 쇠사슬을 보며 하는 말이다.

"괜찮아. 뒤는 맡겨."

태영이 살짝 고개를 끄덕이며 대답했다.

—종합 평가 레벨이 상승했습니다!

—종합 평가 레벨이 상승했습니다…….

쌍검의 사도가 고깃덩어리로 변하며 쏟아 낸 건 이런, 단숨에 태영의 레벨을 10이나 올려 주는 경험치만이 아니기 때문이다.

—그리모어가 [타락한 피의 종족의 잔영]을 흡수했습니다.

—[타락한 피의 종족의 잔영]을 흡수한 영향으로 마(魔) 속성의 힘이 증가했습니다.

—그리모어의 영격(靈格)이 150만큼 상승했습니다.

'자바워크'의 연료가 되는 '타락한 피의 종족의 잔영'도 왕창 쏟아 내 주었다.

그리고 그 몸도 뒤이어 솟아 나온 마도서 디비니티가 덥석!

우득! 우득! 와드드득!

—[순환의 반지]가 업그레이드되었습니다.

—[순환의 반지]로 인한 마력 상승이 35%로 상향되었습니다.

—[순환의 반지]의 이펙트 스킬 [오픈 북]이 Lv.4로 상향되었습니다.

—[오픈 북]의 레벨이 상승함에 따라 강한 마기를 감지할 때 발동되는 '디비니티'에 기록된 Lv.4의 마법이 해금되었습니다. 이후 '디비니티'는

상황에 따라 Lv.1~Lv.4의 마법 중 하나를 선택해 발동됩니다.

디비니티의 레벨이 올려 주는 양분이 되었다.

-다시 불러 주기를 기원하지. 내 세계는 이미 사라졌지만, 한 번이라도 내 눈으로 그 빌어먹을 신의 섭리를 벗어난 세계를 보고 싶으니까.

좌라라락-!

그 말을 끝으로 쇠사슬에 끌려 사라진 디스바로스가 남기고 간 사체도 마찬가지였다.

태영이 그 자리에 떨어지는 것과 동시에 그 몸에서 흘러나오는 검은 기류는 그리모어에, 몸은 디비니티에 삼켜졌다.

아쉽게도 태영이 주워 먹을 건 없었지만, 딱히 상관은 없었다.

아직 남은 놈들이 있으니까.

콰쾅-!

그리하여 또 다른 먹잇감을 찾아 나머지 세 마리 앞에 강림!

“늦었다.”

“당신은…….”

카자드가 섬광과 함께 떨어진 태영을 바라보며 떠듬대다가 머리를 흔들었다.

그리고 이내 피로 얼룩진 입술로 웃음을 지으며 고개를 돌렸다.

"버틴 보람이 있군요."

그 앞의 세 사도는 굳은 듯이 멈춰 서서 태영을 바라보고 있었다.

이해하지 못하고 있기 때문이다.

보란 듯이 고치에서 나올 때부터 검을 들고 있었던 놈조차 제 몸이 분쇄육으로 변하는 순간까지 이해하지 못했으니까.

좀 전까지 카자드를 향해 날아가던 대못과 검은 불길, 지면을 가르며 솟아오르던 암석 따위가 왜 갑자기 사라졌는지 말이다.

-저놈은…….

-저 마법사와는 다르지만, 놈에게서 느껴지는 기운도 평범한 인간의 것이 아니다.

-그래, 슬레셔를 쓰러뜨린 놈이 평범한 인간일 리가 없지.

그러나 누가 한 일인지는 명확!

-방심하지 마라.

놈들이 사방으로 흩어졌다.

그리고 바로 한 놈, 늑대의 몸에 인간의 상반신이 붙은 놈은 바로 방향을 틀었고, 그 앞에서 일렁이던 마기가 거대한 대못으로 변해 뿜어져 날아왔다.

쾅! 쾅!

그 대못은 곧 둘로 갈라지며 바닥에 내리꽂혔다.

대못을 날린 놈도 마찬가지였다.

-뭐…….

신음 같은 목소리를 흘려 내는 놈의 몸도 반으로 갈라지고 있었다.

그리고 상황을 이해하려는 듯 어지럽게 움직이던 놈의 눈에 어느새 바로 앞으로 다가와 있는 태영을 향했을 때, 그 몸이 무수한 섬광에 뒤덮였다.

그리고 그 섬광의 수만큼 나뉘며 붕괴!

태영의 경험치가 되고, 그리모어의 연료가 되고, 디비니티의 양분이 되었다.

-사도를…….

남은 두 놈의 얼굴에 어려 있던 당혹감이 공포로 바뀌어 갔다.

그러나 곧 인정할 수 없다는 듯이 얼굴을 일그러뜨리며 격렬한 마기를 뿜어 올렸지만, 방금 놈들이 본 건 그저 사도가 먹히는 장면이 아니었다.

그만큼 태영은 더 강해지고, '자바워크'의 유지 시간이 늘어나고, 보조 역할을 하는 디비니티의 마법 레벨이 상승했다는 의미다.

"플레어!"

거기에 제국, 아니 틀림없이 이 세계 최강의 마법사일 카자드도 공세로 전환!

-상태도 안 좋아 보이는데 뭘 또 굳이…….

그럼에도 그리모어는 이렇게 말했지만, 카자드도 그럴 만한 이유가 있어서 그런 것이다.

이에 태영도 공세를 가속!

발이 닿는 곳마다 검은 불길을 분수처럼 뿜어 올리며 물러나는 놈을 따라잡아 일도양단!

대지를 통째로 말아 올리듯이 무수한 바위를 날려 대는 놈은 그 바위와 함께 갈라놓았다.

그리고 순식간에 그 몸까지 먹어 치웠을 때.

"공왕님!"

카자드가 그 앞으로 뛰어나가며 소리쳤다.

그 역시 알고 있기 때문이다.

사도가 나타났을 때 태영이 놈들이 뿜어내는 기운보다 더 신경 쓰인다고 한 게 뭔지.

그 정체는 바로 태영 일행이 전투를 벌이는 광장 너머로 보이는 전각, 정확히는 그 전각 속에서 뿜어져 나오는 기운이었다.

사도들이 뿜어내는 것과는 확연히 다른 질감의 기운!

태영도 그게 뭔지는 모르지만, 한 가지만은 확실하게 이해할 수 있었다.

'……위험하다!'

이에 태영이 카자드를 따라 몸을 돌렸을 때였다.

콰쾅—!

돌연 굉음이 울리며 전각이 폭발했다.

그리고 다음 순간!

"크악!"

뒤에서 비명이 터져 나왔다.

시선을 돌리자 병사들이 모두 창백한 얼굴로 바닥에 엎드려 있었다.

그라디오스 후작과 질리언, 하덴이나 미스트도 마찬가지였고, 그들만도 아니었다. 그 주위로 몰려들던 악마 떼도 모두 바닥에 얼굴을 박고 있었다.

이유는 바로 알 수 있었다.

"크으……."

옆에서 신음을 흘리는 카자드는 물론, 태영에게도 느껴지기 때문이다.

마치 주위의 공기가 납으로 변해 찍어누르는 듯한 압력!

쿵-!

"경배하라!"

그때 묵직한 울림과 함께 태영과 병사들 사이의 공간으로 한 존재가 떨어져 내렸다.

크기는 약 5미터.

전체적인 형태는 인간과 같았지만, 유리처럼 매끈한 은색 몸이었다.

"이 몸을 영접하고도 고개를 빳빳하게 들고 바라보다니,

불민하기 짝이 없는 놈들이군. 하지만…… 그래, 네놈들은 그럴 만한 자격이 있지. 신이 창조한 모든 세계에 동일하게 적용되는 규칙은 하나, 힘이니까. 네놈들이 뭐든 이 힘에 저항할 수 있다면 그만한 자격이 있다는 의미다."

"이, 이 감각은……."

고개를 돌리며 중얼거리는 놈을 바라보던 카자드의 눈가가 꿈틀거렸다.

"설마…… 수호자인가?"

"수호자라…… 지금은 다르지만, 한때 그렇게 불리기도 했지. 그래, 나도 알 것 같다. 네놈이 바로 그, 수호자이면서도 신께 대항하는 멍청한 선택을 한 수호자라는 걸 말이야."

"멍청한 선택이라고? 수호자인 내가 이 세계를 지키는 게?"

"네놈은 수호자라는 존재에 대해 뭔가 착각하고 있는 모양이군. 물론 모든 인간이 착각하고 있지만, 수호자라면 당연히 알고 있어야 할 텐데 말이야."

놈이 피식 웃으며 중얼거렸다.

"너희 쪽은 좀 다를지도 모르지만, 내 세계에서는 신의 대행자를 종종 목동에 비유하고는 하지. 꽤 좋은 비유라고 생각한다. 목동이 이리 떼와 싸우면서까지 양 떼를 지키는 이유는 양을 사랑해서가 아니다. 진짜 주인이 필요로 할 때 그 가죽과 살, 피 한 방울까지 바치기 위해서지."

"그런……."

"그게 네놈이 세계를 배신한 이유인가?"

태영이 와락 얼굴을 일그러뜨리는 카자드의 말을 막으며 한 걸음 내디뎠다.

"배신이라…… 방금 한 말을 듣지 못한 건가? 목동에게 양 떼는 그저 주인에게 바칠 제물에 불과하다. 때가 되어 수확하는 걸 배신이라고 말할 수는 없지. 그동안 양 떼가 목동을 어떻게 생각해 왔든, 그건 목동이 알 바도 아니고 말이야."

"……그렇군."

태영이 고개를 끄덕였다.

"그럼 키우던 양에게 잡아먹혀도 불평할 수는 없겠지."

다시 놈을 바라보는 순간, 태영은 이미 그 앞에서 검을 내리치고 있었다.

그리고 검이 놈의 목을 가르는 순간!

파캉-!

쇳소리가 울려 나왔다.

"뭐……."

"정말 한마디도 귀담아듣지 않은 모양이군. 지금의 나는 수호자가 아니다. 수없이 많은 세계를 제물로 바쳐 마침내 위대한 신의 허락을 받은 덕분이지. 마더를 통해 이 위대한 신의 일부, 신체(神體)를 받을 수 있도록 말이다. 지금의 나는……."

놈이 움찔하는 태영을 바라보며 슬쩍 입술을 추켜 올렸다.

"신이다."

펑! 콰콰콰콰–!

그 주위로 거대한 폭발이 일어났다.

"크!"

태영의 입에서 신음이 터져 나왔다.

태영은 생각이 곧 검, 베려고 마음먹으면 뭐든 베어 낼 수 있는 경지에 도달했다.

형태를 이루고 있는 것은 물론 설사 형태조차 없는 것이라도.

폭발 역시 마찬가지다.

폭발도 힘의 일종, 마음만 먹으면 폭발을 만들어 내는 그 힘의 흐름을 베어 낼 수 있었다. 그리고 태영이 그 폭발을 의식하는 순간, 수천의 검격이 이루어졌다.

그러나 모두 폭발에 삼켜졌다.

뭔가 태영이 이해하지 못하는 신비한 힘이 작용한 결과가 아니었다.

단지 그만큼의 차이가 있을 뿐이다.

조금 전 태영이 사도들이 날려 대는 공격을 모두 베어 가를 수 있던 것처럼, 그 폭발을 일으키는 놈과 태영의 힘의 격차도 명확!

'……하지만!'

퉁–!

주르륵 밀려나던 태영이 바닥을 찍으며 다시 튕겨져 날아갔다.

“호오, 그 폭발을 견뎌 낸 건가? 정말 인간이라고 보기 힘든 힘이군. 하지만 그만한 힘이 있으니 더 잘 알고 있을 텐데? 힘을 얻기 위해서는 기술이 필요하지만, 경계를 넘어서 버리면 기술 따위는 아무 의미도 없다는 걸 말이야. 너 역시 경계를 넘어선 자. 그걸 모를 리가 없고, 나와 너의 힘의 차이 역시 모를 리가 없는데도 포기하지 않는 건가?”

당연히 포기할 수 없었다.

아니, 단 한 번도 포기한 적이 없었다.

그 증거가 태영과 함께 공간을 뒤덮으며 뻗어 나가는 무수한 섬광이다.

회귀가 시작되고 지금까지, 단 한 번이라도 그런 생각을 했다면 결코 이만한 힘을 손에 넣지는 못했을 테니까.

카자드 역시 마찬가지다.

“공왕님!”

펑! 화르르르!

놈의 발아래에서 소용돌이를 일으키며 치솟아 올라오는 백색 화염!

동시에 무수한 섬광이 화염을 가르며 지나갔다.

그리고 또! 또! 또!

‘벤다!’

태영의 의지는 그대로 무수한 섬광으로 변해 뻗어 나갔고,

그때마다 격렬하게 타오르는 백색 화염이 수백, 수천 갈래로 갈라졌다.

그러나 태영도, 또 카자드도 알고 있었다.

"……미치지 않는군."

흩어지는 화염 속에서 둘의 공격이 시작되기 전의 모습 그대로 떠오르는 놈이 말하는 것처럼, 둘의 검과 마법은 미치지 않았다.

그 매끈한 은색 몸에는 약간의 그을음이 번져 있을 뿐이었고, 곧 그마저도 사라졌다.

"허망하군."

놈이 굳은 얼굴의 태영과 카자드를 바라보며 중얼거렸다.

"절대적인 힘을 얻으면 뭔가…… 그래, 가져 본 적이 없으니 어떨지는 몰랐지만, 적어도 좀 더 환희에 찬 기분이리라고 생각했다. 하지만 놀라울 정도로 그런 기분이 들지 않는군. 갑자기 이 세상에 홀로 남겨져 버린 느낌. 그 세계에 무수한 개미 떼가 돌아다니고 있다고 한들, 아무런 의미도 없지."

"정말 혼자만의 세상에 빠져 있군. 그런 말은……."

"내게 그나마 감흥을 줄 수 있는 건 너희들 정도겠지. 말했듯이 절대적인 힘이 있어도 쓸데가 없으면 허망할 뿐이니까. 그러니 좀 더 힘을 내 봐라."

놈이 태영의 말을 끊으며 팔을 들어 올렸다.

번쩍-!

순간 그 손에서 광선이 뿜어져 나갔다.

콰콰콰쾅-!

"뭐……."

그리고 이어지는 폭음에 태영의 얼굴이 경직되었다.

놈의 손에서 뻗어 나간 광선은 실선처럼 얇았지만, 광선이 가로지른 성벽과 거대 줄기는 10여 미터에 달하는 구멍이 뚫려 있었다.

그러나 태영의 얼굴이 경직된 건 위력 때문이 아니었다.

이곳으로 진입할 때 태영은 후방의 상황을 파악하기 위해 청영을 공중 전함에 남겨 두었다.

그리고 방금, 그 청영의 눈을 통해 봤기 때문이다.

놈이 뿜어낸 광선에 관통당한 공중 전함이 불길에 휩싸여 폭발하는 장면을 말이다.

그리고 곧 태영의 눈으로도 볼 수 있었다.

콰콰콰쾅-!

다시 놈의 반대쪽 손에서 광선이 뻗어 나갔을 때.

그 끝에서 일어나는 폭발에 그라디오스 후작과 질리언, 워트와 디리아, 젬, 미스트와 수인족 족장, 하덴과 뱀파이어, 워 울프 등, 태영과 함께 이곳까지 온 모든 병사가 그 폭발에 휩싸이고, 그대로 사라지는 장면을 말이다.

-이, 이럴 수가…….

신음처럼 흘러나오는 그리모어의 목소리가 아득히 멀어지

는 기분이 들었다.

모든 것이 사라지고 거대한 웅덩이만 남아 있는 곳으로 향해 있는 시야도 노이즈가 번지듯이 자글대며 아득해졌다.

"어떤가? 좀 더 노력해 볼 마음이 생기나?"

뒤이어 놈의 목소리가 들려오는 순간, 태영의 의식 한 부분이 뚝 끊어졌다.

"너……!"

그리고 태영이 불길처럼 타오르는 눈으로 놈을 돌아봤을 때.

콰쾅-!

뒤에서 폭발이 일어났다.

동시에 놈이나 태영의 것과는 또 다른 힘의 기류가 휘몰아치기 시작했다.

콰콰콰콰-!

그 정체는 바로 움찔하며 돌아보는 태영의 옆을 스치며 뻗어 나가는 용!

이계에서 말하는 드래곤이 아니었다.

사방으로 무수한 빛을 반사하는 긴 몸을 물결처럼 출렁이며 뻗어 나가는 건 말 그대로 용!

100여 미터 길이의 백룡이었다.

그리고, 태영은 그 백룡을 보는 순간 이해할 수 있었다.

-이, 이건 설마…….

"카자드!"

그 백룡이 바로 이 세계의 수호자, 카자드의 진짜 모습이라고 말이다.

"물러나십시오!"

태영의 고함에 백룡, 아니 카자드가 수직으로 솟구치며 소리쳤다.

동시에 그 주위에서 격렬한 스파크가 일어나기 시작했다.

콰지지지! 콰지지지!

그리고 그대로 수십 줄기의 뇌전이 되어 직격!

카자드는 커다란 원을 그리며 줄기줄기 내리꽂히는 뇌전 사이를 가로질렀고, 그 입에서도 무수한 광선이 뿜어져 뇌전이 떨어지는 곳을 폭격했다.

"상당한 힘이군. 이건 아무리 나라도 힘들겠어. 그래, 조금 전까지의 나라면 말이야."

그러나 그 속에서는 여전히 웃음기 어린 목소리가 흘러나왔다.

"아쉽게 됐군."

번쩍—!

그리고 이어지는 목소리와 함께 한 줄기 광선이 뿜어져 나와 카자드를 관통했다.

아니, 관통했다고 생각할 때였다.

카자드의 몸 앞에 수십 장의 마법진이 떠올랐다.

광선은 그 마법진을 한 장씩 통과할 때마다 눈에 띄게 느려지기 시작했고, 마지막 한 장을 남겨 두고 멈춰 서는 순간.

번쩍-!

반대쪽으로 뿜어져 날아가 놈을 직격!

콰콰콰콰! 퍼펑-!

거대한 폭발과 함께 놈을 무너지는 성벽 너머까지 날려 버렸다.

그러나 카자드 역시 무사하지는 않았다.

놈이 날아간 직후, 카자드는 마법진이 떠올랐던 부분에서 피를 뿜으며 바닥으로 떨어졌다.

"카자드!"

태영이 뛰어가자 카자드가 힘겹게 머리를 들어 올리며 말했다.

"아직…… 아직입니다. 방금 그 마법진은 내가 이번 일이 시작됐을 때부터 준비해 오던 것이지만…… 놈은 아무런 타격도 받지 않았습니다. 고작 찰나에 불과한 시간을 버는 게 전부일 뿐입니다. 하지만 그 정도라도……."

물론 태영도 알고 있었다.

"맡겨라!"

이에 태영이 고개를 끄덕이며 몸을 돌릴 때였다.

"네, 맡기겠습니다."

카자드가 앞발로 태영의 몸을 움켜쥐며 대답했다.

순간 갑자기 태영의 몸으로 엄청난 힘이 밀려 들어오기 시작했다.

마력이나 마기, 광마력과도 다른, 지금까지 느껴 본 적이 없는 힘이었다.

그러나 밀려 들어오는 힘만큼 생기를 잃어 가는 카자드의 눈빛으로 그게 어떤 종류의 힘인지는 바로 이해할 수 있었다.

"너……."

"이건 이미 예정되어 있던 일입니다."

"……뭐?"

"터널 링으로 쏟아져 들어오는 놈들과 싸울 때, 공왕님이 물었었죠. 그런 힘을 왜 그때까지 사용하지 않고 있었냐고. 그때가 돼서야 사용할 수 있었던 겁니다. 금단의 마법으로 제 마력을 폭주시켜서 말입니다. 제 운명은 그때 정해졌죠. 그 금단의 마법으로 끊임없이 증폭하는 마력은 제 생명을 태워 만들어 내는 것이니까."

"어째서……."

"저는 할 수 있기 때문입니다. 그리고 공왕님도 할 수 있다고 믿었기 때문입니다."

"할 수 있다고?"

"네, 그때 공왕님에게 수호자의 힘을 나눠진 이유가 그래서입니다. 확인을 해 보기 위해서였죠. 저는 이 세계의 수호자지만, 제 힘은 이 세계에서도 이질적인 힘. 공왕님이 그런 제 힘을 받아들일 수 있는지 말입니다. 그리고…… 확인했습니다. 지금처럼, 공왕님이 제 힘을 받아들이고, 자신의 힘으로 바꿀 수 있는 존재라는 걸 말입니다."

그게 지금 태영의 몸에서 일어나고 있는 일이었다.

카자드의 앞발을 통해 해일처럼 밀려 들어오는 힘은 모두 태영에게 흡수되고 있었다.

이전처럼 폭주하는 느낌도 없었다.

이미 경험이 있기 때문이다.

마력과 광력, 거기에 그리모어가 전해 주는 힘을 더해 광마력을 얻을 때.

그리고 그 뒤에 일어난 일도 그때와 같았다.

광마력은 해일처럼 밀려 들어오는 카자드의 힘을 흡수하며 증폭! 증폭! 증폭! 지금까지 모아 온 모든 힘에 제곱에 제곱을 더하듯이 수십, 수백 배로 증폭시키며 바뀌 나갔다.

–[초월자]의 특성으로 [광마력]과 [원기]가 통합, 새로운 스텟 [???]가 추가됐습니다.

모든 해답을 가지고 있는 것 같던 이 세계의 정보창조차 모르는 힘으로.

그러나 그게 뭐든 상관없다.

—신체 능력이 대폭 향상되었습니다.

이런 것도 더는 상관없다.

—[???]로 인해 신체가 ŀĲĦĐØæ…… øœĿĐħÆ…….

그 뒤부터 갑자기 메시지가 고장 난 컴퓨터의 모니터 화면처럼 바뀌었지만, 이제 태영은 더는 그런 데 관심이 없었다.

"하나만…… 묻겠습니다."

그때 카자드가 빠르게 생기를 잃어 가는 눈으로 태영을 바라보며 물었다.

"공왕님과 나는 정말 그때, 노웨인 영지에서 처음 본 겁니까?"

"아니다."

태영은 묵묵히 그 눈을 바라보다가 고개를 저었다.

"너와 나는 수없이 만났다. 그리고 그렇게 수없이 만나는 동안 좋았던 적은 없었지. 물론 나도 너를 좋아했던 적이 없고."

태영의 대답에 카자드의 눈빛이 흔들렸지만, 곧 모든 것을 이해한 눈빛이 되었다.

"그랬습니까? 아니, 그랬겠지요."

"이번에는 아니다."

"감사합니다. 그리고……."

이어지는 말에 카자드가 입 끝을 추켜 올리며 대답했다.

"……미안합니다."

그리고 낮은 목소리와 함께 고개를 숙였고, 다시 올라오지 못했다.

태영은 말없이 몸을 일으켰다.

쾅-!

그 뒤에 몸을 돌리는 태영의 앞으로 놈이 내리꽂혔을 때도.

"……죽은 건가? 대충 무슨 일이 있었는지는 알겠군. 왜 그런 선택을 했는지도 알겠고. 하지만 이해하지는 못하겠군. 신께 대항하면서까지 이 같잖은 세계를 지키겠다는 멍청한 생각도, 그걸 위해서 제 목숨을 버리는 멍청한 짓을 하는 것도. 뭐 가장 멍청했던 부분은 그런 게 가능하리라고 생각했던 것이겠지만."

놈이 카자드를 돌아보며 지껄일 때도 아무도 말도 하지 않았다.

굳이 말을 할 필요가 없기 때문이다.

그리고 곧 놈도 태영이 아무런 말도 하지 않는지 알게 되었다.

"윽! 이, 이게 뭐……."

당혹성을 터뜨리는 놈의 몸이 서서히 갈라지고 있었다.

"어, 어째서……."

놈이 양팔로 황급히 벌어지는 몸을 움켜쥐었다.

그러나 그런다고 이미 갈라진 몸이 붙어 줄 리가 없었다.

아니, 놈이 신체니 뭐니 떠들어 댄 몸이니 그런 짓이 가능할지도 모르지만, 적어도 지금은 아니다.

세상은 아는 만큼 보이는 법.

태영의 몸속에는 이미 힘을 초월한 뭔가가 자리 잡고 있었고, 그제야 알게 됐기 때문이다.

힘이라는 것의 본질을 말이다.

이로써 태영은 뭐든 할 수 있는 존재가 되었다.

적어도 무언가를 베어 버리는 쪽으로는, 설사 진짜 신이라도 베어 낼 자신이 있었다.

하물며 신의 몸을 빌렸다는 놈 따위는 말할 가치도 없었다.

"마, 말도 안 돼! 대체 언제…… 아니, 어떻게…… 내 몸은…… 인간 따위가…… 아니, 이, 이럴 수는…… 이건……."

놈이 뭐라고 떠들어 대든.

"카자드에게 고맙게 생각해라. 내 힘이 조금만 부족했다면 네놈은 지금 당하는 고통을 끝없이 반복해야 하는 신세가 됐을 테니까."

태영이 몸을 돌리는 것과 동시에 놈의 몸이 먼지처럼 흩어지기 시작했다.

신

삐이이이–!

머리 위에서 청영의 울음이 들려왔다.

–……끝났군.

머릿속에는 그리모어의 목소리가 들려왔다.

그 말대로다.

–뭐 아직 마더라는 놈이 남아 있고, 밖에는 악마 떼도 남아 있겠지만…….

그런다고 달라질 건 없었다.

설사 카자드의 죽음으로 그 너머에 있는 보호막이 사라진다고 해도 마찬가지다.

태영 스스로 이해하고 있기 때문이다.

자신이 어떤 힘을 가지고 있는지, 그 힘으로 어떤 일을 할 수 있는지. 그리고 또, 그걸 막을 수 있는 것도 없다는 것을 말이다.

수없이 반복돼 온 회귀의 끝에서 수없이 맞닥뜨려야 했던 벽을 넘어섰다는 의미였다.

그러나 놀랄 정도로 감흥이 느껴지지 않았다.

'나는…….'

태영이 그 벽을 넘기 위해 노력해 온 건 물론 회귀를 끝내고 살아남기 위해서였다.

그러나 막상 그 벽을 넘고 보니 알 수 없게 되었다.

그게 태영이 돌아보는 구멍 너머에서 잔해로 변해 흩어져 있는 공중 전함에 타고 있던 이 중위나 박 중사, 퍼스트 해머와 그렉, 그리고 바로 앞의 거대한 웅덩이에 모여 있던 그라디오스 후작과 질리언, 워트, 리디아, 젬, 미스트를 포함한 수천의 병사들을 대가로 바쳐서까지 이뤄야 할 만큼 가치 있는 일인지 말이다.

물론 이건 처음부터 선택의 여지 따위는 없는 일이었다.

후회하고 있는 것도 아니다.

단지…….

—응? 저게 뭐지?

그때 그리모어가 의아한 목소리로 중얼거렸다.

태영의 눈을 통해 보고 하는 말이니, 당연히 태영도 '그것'

을 보고 있었다.

공중 전함의 잔해와 웅덩이를 훑어보고 다시 고개를 돌리던 태영의 앞으로 검은 실 같은 게 내려오고 있었다.

그리고 태영이 그 실의 끝에 마치 물방울처럼 매달려 있는 검은 물체를 바라봤을 때였다.

화악-!

갑자기 그 물체가 확대되었다.

순간 태영은 그 어둠 속으로 빨려 들어갔다.

아니, 그렇게 생각되었다. 그저 시야를 뒤덮는 어둠 외에는 아무런 감각도 느껴지지 않았지만, 그 직후에 눈앞에 전혀 다른 공간이 펼쳐졌기 때문이다.

"여기는……."

빛도 어둠도 없는 회색의 공간이었다.

그 아래도 마찬가지였다.

어느 쪽으로 시선을 돌리던 회색 하늘과 경계조차 구분하기 힘든 잿빛 대지가 끝도 없이 펼쳐져 있었고, 간간이 보이는 사람 형상의 석상도 같은 색이었다.

그 세계에서 유일하게 색을 띠고 있는 것은 태영, 그리고 멀지 않은 곳에 놓인 의자뿐이었다.

그러나 그 의자에 앉아 있는 것도 회색 석상이었다.

아니, 석상이라고 생각했지만.

"잘 왔다."

그가 몸을 일으키며 말했다.

그제야 태영은 그가 석상과 다른, 조금은 색이라고 할 만한 부분이 남아 있음을 알 수 있었다. 그러나 그 얼굴에서는 석상처럼 아무런 감정도 느껴지지 않았다.

"당신은……."

"글쎄? 그게 이름을 묻는 말이라면 대답하기 힘들군. 하지만 그게 내 정체를 묻는 거라면…… 그래, 신이라고 대답하는 주는 게 이해가 빠르겠지."

"신?"

"그게 너희가 나를 부를 때 사용하는 말이니까."

움찔하며 되묻는 태영의 말에 그가 무감각한 얼굴로 고개를 끄덕이며 말했다.

순간 태영은 그리모어를 움켜쥐었다.

아니, 움켜쥐려고 하고 나서야 알게 되었다.

공간이 이 세계로 바뀌며 사라진 청영처럼, 그리모어도 없어졌다는 사실을 말이다.

"나를 이 세계로 끌어들인 것도, 그리모어를 떼어 놓은 것도 너인가?"

"그렇다."

"의미 없는 짓을 했군."

"그렇겠지. 물론 알고 한 일이다. 이미 네게 검 따위는 장식에 불과하다는 걸 말이다. 너를 이곳으로 불러들인 이유도 그 때문이고."
"실수한 거지."
"그렇다고 서두르지는 마라. 네가 원한다면 언제든지 나를 죽일 수 있을 테고, 그게 내가 바라던 바니까."
"……무슨 의미지?"
"의미 따위는 없다. 말 그대로다."
살짝 고개를 저은 그가 주위의 석상을 주욱 훑어보며 말했다.
"저들은 내 동족이다. 나와 같이 불멸을 추구했고, 결국 그 무게를 감당하지 못하고 무한의 고통 속에서 살아가는, 너희가 신이라고 부르는 자들의 실체다."
"저들이 살아 있다고?"
"그래, 살아 있다. 아니, 죽지 못한다고 해야겠지. 얼마나 됐을까……."
그가 눈을 감으며 중얼거렸다. 그러나 곧 머리를 흔들고 다시 의자에 앉으며 말을 이었다.
"인제 와서 그런 걸 생각해 봐야 아무런 의미도 없지. 중요한 건 우리는 오랜 시간 동안 연구해서 마침내 불멸의 삶을 손에 넣었지만, 그걸 후회하기까지는 그 시간의 반도 필요하지 않았다는 것이지."
"연구해서 불멸의 삶을 얻었다고?"
"그래, 우리도 처음부터 그런 존재는 아니었다. 너희처럼 자고 먹고 입고, 또 언젠가 다가올 죽음을 두려워하는 존재였지. 다른 점이 있다면 우리는 너희보다 문명이 앞서 있었고, 그 문명의 힘으로 결국 불멸의 육체를 얻었다는 것뿐이지. 그리고 곧 알게 됐지. 그건 순서가 잘못된 것이었고 말이야."

그 석상 같은 얼굴에 처음 떠오른 감정은 후회였다.

"틀림없이 우리는 불멸의 육체를 얻었다. 영원의 시간에도 버틸 수 있는 몸을 말이다. 하지만 우리의 정신은 아니었다. 몸과 달리 우리의 정신은 끝없이 반복되는 시간과 끝없이 쌓이는 기억, 그리고 그게 앞으로도 영원히 반복된다는 것을 버텨 낼 수 있을 정도로 강하지 않았다. 그 결과 동족들은 미쳐 갔지. 어떤 자는 스스로 목숨을 끊고, 어떤 자는 마구잡이로 살육을 벌였다. 하지만 불멸의 육체는 우리를 놓아주지 않았고, 우리는 결국 미치는 것마저 포기했다."

그가 석상들을 바라보며 말을 이었다.

"그 결과가 바로 저들이다. 영원히 이어지는 고통 속에서 생각하는 것마저 그만둔, 그럼에도 고통을 벗어나지 못한 채 그저 썩어 갈 뿐인 자들의 말로. 아니, 말로조차 아니지."

"……왜 내게 그런 말을 하는 거지?"

"너이기 때문이다."

그가 다시 태영을 돌아보며 대답했다.

"우리는, 아니 적어도 마지막까지 포기하지 않은 나는 그런 동족들을 지켜보며 생각했다. 그들을 고통 속에서 구해 줄 방법은 죽음뿐이고, 불멸의 몸을 얻을 방법이 있다면 그 몸을 죽일 방법도 있을 거라고 말이다. 하지만 나도 알아내지 못했고, 결국 방법을 바꾸게 되었지. 죽이는 방법이 아닌, 창조하는 방법으로."

"창조?"

"그래, 너희가 신이라고 부르는 것처럼 나는 무수한 세계를 창조하고, 그 세계에 모두 다른 문명을 전해 주었다. 그들만의 독자적인 문명을 발전시켜 나갈 수 있도록. 그들 중 누구라도 그 끝에서 불멸의 육체를 파괴할 정도의 힘을 얻는 자가 나오기를 바라면서."

"그, 그럼 네가 세계를 창조한 이유는……."

"물론 그것이 목적이었다. 그게 사람이든, 무기든, 나와 동족을 끝없이 되풀이되는 고통 속에서 벗어나게 해 줄 수 있는 무언가를 찾기 위해서였다."

"그……."

그의 말에 황망한 표정으로 입을 열던 태영이 와락 고개를 저으며 소리쳤다.

"웃기지 마! 네가 정말 우리가 말하는 신이라는 존재라면 사도를 보내 세계를 멸망시키려고 한 것도 너라는 뜻! 네가 그런 목적으로 세상을 창조했다면 대체 왜 그런 짓을 했다는 거지?"

"이미 알고 있기 때문이다."

"뭐?"

"내가 창조한 세계는 너희의 세계만이 아니다. 그 전에도, 또 그 전에도, 끝도 없이 되풀이해 온 일이다. 그러니 알 수 있는 것이다. 그만큼 많이 지켜봐 왔으니까. 완전히 방향이 잡혀 버린 문명은 그 틀에서 벗어날 수 없고, 그게 너희와 같은 문명이라면 아무리 기다려도 내가 원하는 곳에는 도달할 수 없다는 것을 말이다."

"그래서…… 부숴 버렸다는 거냐? 오직 네 욕심만으로 만들고, 네가 원하던 대로 되지 않을 것 같으니까? 싫증 난 장난감을 부숴 버리는 것처럼?"

태영이 자신도 어떤 표정을 떠올리는지 알 수 없는 표정으로, 어떤 감정인지 알 수 없는 감정이 담긴 목소리로 되물었다.

"그게 빠를 테니까."

그러나 그는 여전히 무감각한 표정으로 고개를 끄덕였다.

"하지만 이번만큼은 내가 틀렸다고 해야겠지. 아니, 어쩌면 정답이었다고 해야 할지도 모르겠군. 과정이야 어쨌든 결국 그 모든 일이 네 세계의 수호자가 떠들던 신체, 나와 같은 몸을 소멸시킬 수 있는 너라는 존재를 만들어 냈으니까."

그가 몸을 일으켰다.

그리고 다시 천천히 태영을 훑어보며 말을 이었다.

"이해할 수 없다는 표정이군. 나도 그렇다. 네가 나와 내

동족에게 일어난 일을 이해하지 못하듯이, 나 역시 네가 어떻게 거기에 이르게 됐는지는 이해하지 못한다. 하지만 그런 건 그다지 중요한 문제가 아니지. 이제 너는 적어도 내가 왜 너를 이곳으로 불러들였는지는 알고 있을 테고, 나는 그것만으로 충분하니까."

"내가…… 네놈을 죽여 주리라고 생각하는 건가? 그 모든 얘기를 다 듣고도?"

"그럼 너는 죽이지 않을 생각이냐? 네 세계와 네가 아는 그 많은 사람을 죽음으로 몰아넣은 나를?"

태영은 대답하지 못했다.

그의 말처럼 태영은 그의 말을 이해하지 못했다.

그리고 설령 이해할 수 있다고 해도 용서할 생각 따위는 없었다. 그러나 같은 이유로 그가 바라는 대로 죽여 주고 싶은 생각도 들지 않았다.

이에 태영은 한동안 입을 다문 채 그를 바라봤지만, 그 시간은 길지 않았다.

위이이잉-!

태영의 손에서 검 형상의 빛이 뻗어 나왔다.

그리고…… 그게 끝이었다.

위잉! 콰콰콰콰-!

몸을 돌리며 휘두른 태영의 팔에서 뻗어 나가는 거대한 반월형의 빛!

그 빛은 잿빛 대지 위에 흩어져 있는 석상, 아니 석상처럼 굳어 있던 자들을 가르며 지나갔고, 태영의 세계의 수호자가 떠들어 대던 신체가 그랬듯이 석상들도 모두 재로 변해 흩어졌다.

"오오! 드디어…… 이렇게 쉽게……."

그 모습을 지켜보는 그의 얼굴에 처음으로 격한 감정이 떠올랐다.

그때 태영이 몸을 돌리며 말했다.

"너는 살려 두지."

"뭐, 뭐라고? 아니, 하지만…… 네 세계와 동료들을 그렇게 만든 건 나다! 나는……."

"그래서다."

태영이 그의 말을 끊으며 말했다.

"너는 네 목적을 위해 수많은 세계를 창조하고 멸망시켜 왔다. 인제 와서 그게 잘못된 일인지 아닌지를 따지고 싶은 생각은 없다. 하지만 이미 존재하는 세계는 물론, 내가 관련된 세계라면 얘기는 다르지. 그 정도의 능력이 있다면 이미 폐허로 변해 버린 세계라도 본래대로 돌려놓을 수 있을 터. 아니, 할 수 없어도 해라. 너를 죽여 주는 건 그다음이다."

그리고 망연자실한 표정을 떠올리는 그를 향해 힘차게 가운뎃손가락을 들어 올려 주었다.

"네가 싸질러 놓은 똥부터 치우라는 말이다, 이 자식아!"

그리고…….

◎

탁탁탁!

곳곳에서 울리는 자판 두들겨 대는 소리.

좀 전까지 조금은 느슨한 분위기로 간간이 잡담하는 소리가 들리던 사무실이 갑자기 분주해지기 시작했다.

그들이 힐끔대는 문으로 부담스러운 뱃살을 흔들며 들어오는 중년 남자 때문이다.

아니, 좀 더 정확히 말하면 그가 일단은 이 사무실에서 가장 높은 과장이라는 직함을 달고 있고, 찍히면 얼마나 피곤해지는지 경험을 통해 알고 있어서다.

"흠……."

지금 그 과장이 인상을 찌푸리며 다가가는데도 책상에 엎드려 있는 녀석처럼 말이다.

그리고 모두가 예상한 장면 그대로 과장이 뱃살만큼이나 두툼한 손바닥으로 그의 등짝을 후려치는 순간, 모두가 예상하지 못한 장면이 이어졌다.

턱!

"여기까지만 하시죠. 오랜만이라 반가운 생각도 들지만, 이제 여러모로 그쪽에게 등짝을 맞아 줄 군번은 아니니까."

“그, 그쪽? 어이, 너 이 자식 어디서…….”

내리치던 팔목을 잡은 그, 태영이 몸을 일으키며 말하자 과장의 얼굴이 와락 일그러졌다.

그러나 태영은 여전히 웃음기 어린 얼굴로 중얼거렸다.

“정말 제대로 돌려놨군. 뭐 내가 그러라고 한 거지만, 한 명쯤 빼 놔도 될 텐데 말이야. 아니, 이런 사람도 처자식이 있으니 그건 좀 그런가?”

“처자식이 뭐? 이 자식이 어디서 쥐약이라도 처먹었나? 지금 뭐라는 거야?”

“뭐 됐고!”

태영이 피식 웃으며 몸을 돌렸다.

사표!

그리고 일필휘지로 써 갈긴 종이를 고이 접어 과장의 주머니에 찔러 넣어 주었다.

“열심히 사세요, 두 번은 없으니까.”

“이, 이 자식이 정말 뭐라는 거야? 너 정말 쥐약이라도 먹었어? 이거 장난으로 넘어갈 일이 아니라는 거 알지? 정말 인사과에…….”

“네, 그건 알아서 좀 해 주십시오. 그럼 전 바빠서 이만.”

태영이 재킷을 집어 들고 사무실을 나갔다.

"어, 어이! 야! 태영아, 너 갑자기 왜 그래? 너 어제도 이번 달에 나갈 돈이 많아서 방세도 못 낼 형편이라고 했잖아! 그런데 사표라니? 대체 어쩌려고 그래? 설마 로또라도 맞은 건 아닐 테고, 어디서 스카우트 제의라도 받은 거야?"

과장이 얼빠진 얼굴로 바라보는 사이, 눈치를 살피며 따라 나온 동료 직원들이 태영을 따라붙으며 떠들었다.

그러나 곧 모두 우뚝 멈춰 섰다.

그리고 좀 전의 과장처럼, 아니 그보다 더 얼빠진 얼굴이 되었다.

대꾸도 없이 성큼성큼 복도를 가로질러 회사 밖으로 나온 태영은 곧바로 그 앞에 주차되어 있던 차에 올라탔고…….

"저, 저 차 밴틀리잖아? 그것도 EXP 10 스피드 6 콘셉트카!"

"네가 어떻게 그렇게 자세히 알아?"

"그야…… 아니, 지금 물어야 할 건 그런 게 아니잖아! 어제만 해도 방세 걱정을 하던 녀석이 어떻게 저런 차를 타고 있느냐는 거지! 저건 그냥 로또 한 번 맞았다고 덜컥 살 수 있는 게 아니라고!"

그 차가 이런 차였기 때문이다.

이에 태영, 아니 차를 보는 직원들은 무수한 상상의 나래를 펼치는 얼굴이 되었지만, 그들이 알 리가 없었다.

태영은 물론, 그들 자신에게도 무슨 일이 있었는지.

심지어 직접 보고 있으면서도 그 차 안에 태영 외에 어떤 존재들이 타고 있는지도 말이다.

―나도 대체 무슨 일이 있었는지 하나도 모르겠다만…….

"듣고 싶어?"

―아니, 됐다. 왠지 그 말을 들어 버리면 돌아오지 못할 강을 건너 버릴 것 같은 예감이 드니까. 지금 보이는 것만으로도 이미 내 이해력의 한계치를 넘어 버리기도 했고.

"그래, 모르는 게 좋을 때도 있지."

태영이 조수석에 놓인 그리모어를 돌아보며 씨익 웃었다.

―그래도 하나만 물어보자. 이제 뭘 할 생각이야?

"물론 아직 남은 일을 해야지."

―남은 일?

"청영 말이야. 아직 청영이 떨군 힘의 파편을 다 찾지 못했잖아."

삐이이이―!

부앙! 부앙! 부아아앙―!

그리고 뒷좌석에서 날개를 퍼덕이는 청영의 울음과 함께 기어를 넣고 급가속!

웅웅웅웅! 지지지직!

그 앞에서는 공간이 갈라지고 있었다.

The end